YO-DJQ-075

HARLEQUIN®

Deseo®

UN VIEJO AMOR
Elizabeth Bevarly

HARLEQUIN®
Tiempo para ti™

NOVELAS CON CORAZÓN

Editado por HARLEQUIN IBÉRICA, S.A.
Hermosilla, 21
28001 Madrid

I.S.B.N.: 84-396-7936-X
Depósito legal: B-13684-2000
Editor responsable: M. T. Villar
Diseño cubierta: María J. Velasco Juez
Composición: M.T., S.A.
Avda. Filipinas, 48. 28003 Madrid
Fotomecánica: PREIMPRESIÓN 2000
c/. Matilde Hernández, 34. 28019 Madrid
Impresión y encuadernación: LITOGRAFÍA ROSÉS, S.A.
c/. Energía, 11. 08850 Gavá (Barcelona)
Fecha impresion para Argentina:23.10.00
Distribuidor exclusivo para España: M.I.D.E.S.A.
Distribuidor para México: INTERMEX, S.A.
Distribuidores para Argentina: interior, BERTRAN, S.A.C. Vélez
Sársfield, 1950. Cap. Fed./ Buenos Aires y Gran Buenos Aires,
VACCARO SÁNCHEZ y Cía, S.A.
Distribuidor para Chile: DISTRIBUIDORA ALFA, S.A.

Capítulo Uno

El presentador de televisión Dick Clark acababa de anunciar que faltaban menos de cinco minutos para aquel especial de Nochevieja cuando la doctora Claire Wainwright oyó el timbre de la puerta principal, en el piso de abajo. Ignorando la interrupción, y pensando que sin duda se trataba de algún juerguista con ganas de gastar una broma, porque no esperaba absolutamente a nadie, advirtió que Dick tenía la apariencia joven, desenfadada y jovial de siempre. Y ella intentó no pensar demasiado en el hecho de que ella no se sentía así. Ni joven, ni desenfadada, ni jovial.

Cuando el timbre de la puerta sonó de nuevo, suspiró con la esperanza de que aquel triste y solitario dingdong fuera puramente imaginario. Porque, hablando de tristeza y de soledad, acababa de instalarse en la cama con una copa de champán y una revista, y estaba sola en casa. Otra Nochevieja que pasaba sola.

Por supuesto, podría haber aceptado aquella única oferta que había recibido para salir en Nochevieja... Claire no estaba segura del motivo por el cual había rechazado la invitación que le había hecho Evan Duran para pasar la tarde con él en Cape May. En aquel momento se dijo que habría sido una velada muy agradable: el reflejo de la luna en el mar, una cena con langosta, paté y un champán tan bueno como el que había comprado para aquella solitaria celebración...

3

Por supuesto, la velada se habría prolongado inevitablemente hasta altas horas de la noche. Lo cual, ahora que pensaba en ello, constituía indudablemente el motivo por el cual había declinado su oferta. En cualquier caso, era un tipo guapo, inteligente y honrado. Exactamente el tipo de hombre que debería interesarla, con quien debería pasar el resto de su vida. No sabía por qué le encontraba tan poco atractivo. No había nada allí: ni chispa, ni calor, ni magia.

El timbre de la puerta sonó por tercera vez, y Claire se dijo que no tendría sentido intentar ignorarlo por más tiempo. Se preguntó quién podría ser a aquellas horas de la noche. Pasándose una mano por su melena lisa y oscura, vestida con un pijama de seda color violeta, se levantó de la cama y se calzó las zapatillas. Obviamente no estaba trabajando, pero eso no quería decir que estuviera libre para hacer lo que le viniera en gana con su tiempo libre. Sabía que, desgraciadamente, una tocoginecóloga trabajaba las veinticuatro horas del día, pero tampoco estaba acostumbrada a que sus pacientes fueran a buscarla a su casa de Haddonfield. Si una embarazada se ponía de parto, habitualmente se dirigía al hospital general de Seton, en el cercano Cherry Hill. Si Claire no estaba de guardia, y aquella noche no lo estaba, entonces uno de los otros cuatro médicos en prácticas se encargaba de atender el parto. Todos sus pacientes sabían eso, y era un sistema que, hasta el momento, había funcionado bien. Excepto cuando la gente llamaba a su puerta en Nochevieja.

Se puso una bata de seda y bajó al vestíbulo. Había comprado aquella espaciosa y exuberante casa de estilo Tudor hacía cerca de un año. Toda-

4

vía sin poder superar el miedo a la oscuridad que había sentido y padecido desde que era pequeña, Claire tenía la costumbre de conservar encendidas varias lámparas estratégicamente situadas por toda la casa. El timbre sonó de nuevo cuando llegó al pie de la escalera redonda, y a través de los paneles de cristal coloreado de la puerta alcanzó a distinguir la silueta de alguien alto, al menos tanto como ella: casi uno ochenta de estatura. En el salón que estaba a la izquierda de la puerta, por las ventanas de la balconada que daba al jardín, advirtió que estaba nevando mucho, y que soplaba un fuerte viento. Y no pudo menos que preguntarse quién podría haber salido a buscarla en una noche tan mala como aquélla.

Ya se volvía hacia la puerta cuando vaciló al darse cuenta de que la silueta había desaparecido. Pensó que quien hubiera tocado el timbre quizás estuviera algo achispado, y finalmente se hubiera dado cuenta de que se había equivocado de casa. Y se había marchado avergonzado antes de que lo descubrieran.

O quizá no. Sólo para asegurarse, Claire se asomó a uno de los paneles laterales de cristal, y no vio nada. Ya se disponía a dar media vuelta cuando distinguió nuevamente una figura al pie del sendero de entrada. Indudablemente seguía allí, con la atención concentrada en ella. Inquieta, se apresuró a encender las luces del portal y los jardines, y en seguida descubrió que se trataba de una mujer joven, vestida con una cazadora negra y tocada con una boina del mismo color, con una melena rubia larga hasta los hombros. Pero tan pronto como se encendieron las luces, la joven dio media vuelta y se alejó unos metros, apresurada; pero de repente se detuvo, como si se lo hubiera pensado mejor, y continuó mirando hacia la casa de Claire.

Aquello era muy extraño. Claire estaba intentando decidir qué hacer cuando se dio cuenta de que había algo más afuera. Una gran cesta de mano, de forma ovalada, se encontraba al pie de los escalones de entrada, y su contenido parecía estar cubriéndose de nieve por momentos. Su contenido que parecía ser ... ¿ropa? ¿Por qué habría alguien de dejar una cesta de ropa en la puerta de su casa, aquella Nochevieja? Eso no tenía ningún sentido. Había vivido en South Jersey desde que estudiaba en el instituto, y aunque en aquella parte del país existían algunas tradiciones interesantes y bien originales, dejar cestas de ropa en las puertas de las casas para celebrar el Año Nuevo no podía ser una de ellas.

Y, pensándolo bien, tampoco tenía que ver con las tradiciones de las numerosas culturas con las que Claire había acabado por familiarizarse desde que era niña, como hija que era de una pareja de médicos voluntarios del Cuerpo de Paz.

Todavía estaba exprimiéndose el cerebro buscando alguna explicación, cuando, para su sorpresa y horror, el interior de la cesta se movió y una manita diminuta asomó entre la ropa. Claire se dio cuenta de que aquella cesta no contenía ropa... sino un bebé.

Rápidamente retiró la cadena de la puerta y salió de la casa en pos de la joven que, hasta hacía un momento, había permanecido al pie del sendero de entrada. Fue inútil. Al ver a Claire, había salido disparada como alma que llevara el diablo.

«Oh, no, no, no», se lamentaba Claire, aterrada. Aquello no podía estar sucediendo. Tenía que ser un sueño, o algún tipo de broma. Seguro que sus colegas del hospital, los únicos que sabían lo que sentía ella por los niños, habrían querido gastarle una pesada broma. Seguro.

Luego Claire oyó un pequeño y débil sonido, y bajó nuevamente la mirada a la cesta. En aquella ocasión, cuando la ropa se movió, distinguió dos ojos azules bajo un gorro de lana rosa. Durante unos segundos sólo pudo mirar aquellos ojos sacudiendo la cabeza, incrédula, hasta que se dio cuenta de que, como había salido en zapatillas, se le estaban empezando a helar los pies.

Y se dio cuenta también de que aquello no era una broma, ni ingeniosa ni pesada. Así que se inclinó para levantar la cesta y la metió dentro de la casa. «No te dejes llevar por el pánico», se instruyó, con el corazón acelerado y las piernas temblorosas. «Piensa, Claire. Piensa. Respira, relájate y piensa». Pero todo pensamiento quedó interrumpido cuando el bebé empezó a hacer ruidos otra vez. No se trataba de nada alarmante: eran pequeños murmullos que daban la impresión de que la criatura estaba contenta. Aunque eso podría cambiar en cualquier momento, procuró recordarse. Así que sería mejor que decidiera qué era lo que iba a hacer al respecto.

«La policía», pensó. Sí, eso era: debería llamar a la policía. Ellos sabrían arreglárselas en una situación como aquélla. Aunque era especialista en tocoginecología, Claire no estaba familiarizada con los niños. Eso era asunto de los pediatras, afortunadamente. Claire estaba fascinada por el misterio de la concepción y del desarrollo de la vida dentro del vientre materno. Pero una vez que aquellos seres salían al exterior, bueno... Se sentía enormemente aliviada de no tener que ponerles las manos encima. En el sentido literal de la palabra.

No se trataba de que no le gustaran los niños: simplemente le resultaban ajenos, como si fueran extraterrestres. Siendo la menor de dos hermanos, nunca había tenido que convivir con bebés. Y como sus padres habían viajado tan a menudo, de pequeña Claire nunca había podido relacionarse con otros niños durante demasiado tiempo. Nunca había soportado a los niños. Ni siquiera cuando ella misma lo había sido.

Y ahora allí estaba, delante de un bebé... ¡un bebé! Y no tenía ni idea de qué hacer. Por supuesto, sabía lo básico, que los bebés necesitaban que los alimentaran y les cambiaran los pañales. Lo cual, ahora que pensaba en ello, constituía una buena razón para dejarse llevar por el pánico, ya que no tenía ni pañales ni comida para niños en la casa.

Llevó la cesta al otro lado del salón, la dejó cuidadosamente al lado del sofá y encendió la lámpara de mesa. Rebuscando entre las varias mantas que envolvían al bebé, encontró, para su fortuna, una bolsa de pañales, botes pequeños de comida y cinco mudas de ropa, todas de color rosa.

«Felicidades, Claire. Es una niña», se dijo irónica. Hasta aquel momento había evitado mirar al bebé, pero cuando el crío empezó a hacer ruidos otra vez, Claire no tuvo más opción que mirarlo. No tenía idea alguna de su edad, pero sonreía y articulaba gran variedad de sonidos, así que supuso que tendría varios meses de edad. El crío formó una «o» casi perfecta con los labios, bajo la maravillada mirada de Claire que, sólo por un momento, llegó a experimentar una cálida sensación interior, e incluso le devolvió la sonrisa.

Pero luego recordó que no tenía la menor idea de cómo cuidarlo, y el pánico volvió a asaltarla.

«La policía», susurró en voz alta. Seguro que la policía podría enviarle a alguien en aquel mismo momento, alguien que supiera tratar con bebés abandonados, alguien que pudiera atender las necesidades de aquel crío mejor que Claire. Porque aunque había muchas cosas en su vida acerca de las cuales se sentía insegura, había una de la que estaba absolutamente convencida. No estaba hecha para ser madre. Ni hablar. Como gráfica ilustración de aquel hecho, cuando fue a levantar al bebé de la cesta, la criatura empezó a llorar.

«De acuerdo, Claire. Ahora sí que puedes dejarte llevar por el pánico», se dijo. Iba a ser una noche muy larga.

Nick Campisano acaba de salir de su tienda de licores favorita con su brebaje favorito, cuando su busca se encendió. «Estupendo», pensó. Debería haberse dado cuenta de que de ninguna forma le permitirían disfrutar del resto de aquella Nochevieja. Si ni siquiera le habían dejado disfrutar de la Nochebuena, ni de la Navidad, ni del día de Acción de Gracias, ni de Halloween... De hecho, no podía recordar la última vez que había podido disponer tranquilamente de unos días de vacaciones. ¿Por qué habría de resultar diferente aquella noche?

Porque necesitaba un descanso: ése era el porqué. Necesitaba tiempo para pensar, para hacer balance, y para intentar recordar, en primer lugar, por qué se había convertido en policía. Recordaba vagamente que había querido cambiar de vida, servir de modelo para niños que no habían contado con ninguno en su vida, ayudar a los chicos y chicas con problemas a salir adelante...

Claro. El problema era que, como detective de narcóticos, al parecer sólo había conseguido ser testigo de las desgracias ajenas. Demasiados chicos tomaban drogas, vendían drogas, morían por las drogas. Y nada de lo que había podido hacer Nick había servido para evitarlo.

Esa noche, como todas las otras noches, necesitaba tiempo para descansar, para reflexionar sobre su vida. Tiempo para recordar por qué llevaba aquella vida, si así podía llamársele. Tanto trabajo y tantas preocupaciones le estaban agriando el carácter.

Suspiró resignado mientras leía el número de su busca, y después se dirigió hacia su viejo todoterreno, donde había dejado su teléfono móvil para entrar sólo un momento en la tienda de licores. Como era de esperar, la palabra «reclamado» apareció en la pantalla. Después de borrarla, Nick marcó el número convenido, el de su lugar de trabajo, y no tardó en escuchar el saludo de una voz femenina.

—Campisano. ¿Qué pasa?

—Vaya, ésas son exactamente las palabras que a cualquier mujer le gustaría escuchar en una noche como ésta, viniendo de un hombre grande y fuerte como tú —replicó la sensual voz al otro lado de la línea.

—Lo siento, teniente —repuso Nick. Después de todo, Suzanne Skolnik era su jefa, pero tenía la suficiente confianza con ella como para no reprimir su tono de irritación por haber sido requerido durante su tiempo libre—. ¿Qué pasa? —insistió.

—¿Dónde estás?

—De camino a casa; estoy a punto de llegar —explicó, subrayando las palabras—. ¿Por qué?

—Define «de camino a casa».

10

–La tienda de licores Cavanaugh, en la Ruta 30 –rezongó Nick, y le preguntó de nuevo–: ¿Por qué?

–Entonces te encuentras cerca de Haddonfield, ¿verdad?

–Sí, ¿por qué? –gruñó de nuevo.

–Y estás en tu todoterreno, ¿verdad?

–Sí. ¿Por qué?

–Sabes muchas cosas de niños, ¿no?

–Lo suficiente.

–Y tienes un montón de sobrinos y sobrinas...

–Dieciocho, por el momento –respondió Nick.

–Tu hermana Angie dio a luz el mes pasado, ¿verdad?

Nick estaba perdiendo rápidamente la paciencia ante aquel interrogatorio. Tenía frío, se sentía cansado, cada vez estaba nevando más y al menos dos de las seis botellas de Sam Adams que tenía en el asiento contiguo le estaban llamando ya por su nombre.

–Oh, no se ofenda, teniente, pero... ¿a qué viene esto?

–Necesito que te hagas cargo de un aviso en Haddonfield –dijo al fin.

–Oh, vamos –suplicó, aunque sabía que hacerlo no tenía ningún sentido–. Hace dos semanas que no he podido disfrutar de un solo día libre. Y se suponía que tenía tres. Me los prometiste, y me los he ganado.

–Lo sé, Nick, y lo lamento de verdad . Pero eres el único que puede hacerse cargo de esto.

–Define «esto».

–Tenemos un aviso de un bebé abandonado en Haddonfield –le dijo ella–. Y no hay nadie en la zona que pueda responder al momento. Dado que hace veinte minutos que te fuiste, y conociendo tu afición por la tienda de Cavanaugh... me figuraba que estarías por allí.

Antes de que él pudiera objetar algo, le dio la dirección concreta. Nick emitió un silbido de asombro.

–Ése es un barrio muy rico. ¿Quién habrá podido abandonar a un bebé allí?

–Bueno, es sólo una intuición, pero... –comentó la teniente, irónica–... ¿quizá alguien que no podía mantener a su hijo y deseaba para él una vida mejor?

–¿A costa de cometer una ilegalidad?

–Ya, bueno, lo creas o no, Nick, hay gente que desprecia las leyes de este estupendo estado. Sé que eso puede sorprender a un tipo como tú, pero...

–Vale, vale, vale –musitó–. ¿Pero por qué tengo que encargarme yo de eso? Había hecho otros planes.

Tuvo que reconocer que aquellos planes no eran ninguna maravilla. Tan sólo dormir un poco, cenar algo y ver lo que quedaba del programa Saturday Night Dead, no necesariamente por ese orden. Pero no había razón para que la teniente tuviera que saberlo...

–El encargo es tuyo –replicó ella– porque, como ya te he dicho, eres el único que tenemos disponible en esa zona. Y, a estas horas, nadie de Servicios Sociales se va a poner al teléfono. La mujer que nos llamó estaba frenética: dice que no puede hacerse cargo del bebé. Así que alguien tiene que ir a recogerlo. Si lo haces, podrás disfrutar de cuatro días libres. Te lo prometo

–De acuerdo, de acuerdo –cedió Nick, maldiciendo en silencio–. Iré lo antes posible. Pero en cuanto a esos cuatro días, será mejor que pueda disfrutarlos. Sin que me molesten ni una sola vez.

–Tienes mi palabra, Nick –volvió a prometerle la teniente Skolnik–. Palabra de Scout.

Nick prefirió no reflexionar sobre el hecho de que Suzanne Skolnik no respondía en absoluto al perfil de Scout. ¿Eran imaginaciones suyas, o estaba nevando con mucha más fuerza que hacía unos minutos? No había problema. Su todoterreno era de confianza. Minutos después aparcaba frente a la dirección indicada.

«Qué pedazo de casa», exclamó para sí. Exteriormente estaba tan iluminada como un árbol de Navidad. Con dos pisos, tenía ese clásico aspecto aristocrático de la arquitectura británica, con balconadas de ventanas recortadas en forma de diamante, y cristales de colores en el portal de entrada. El lugar idóneo para celebrar grandes fiestas en el jardín. En otras palabras: lo más alejado posible de la realidad cotidiana de Nick.

Nacido y criado en South Jersey, Nick era de clase obrera y estaba orgulloso de ello. Su padre también había sido policía, al igual que su abuelo, y su bisabuelo antes de él. Todos los Campisano se habían enrolado o en la policía o en el cuerpo de bomberos, y todos los Gianelli, de la rama materna, habían trabajado en la panadería Gianelli. Y allí era donde la madre de Nick había pasado buena parte de su vida, cuando no tenía que atender a sus otros seis hijos.

Nick rió irónico mientras contemplaba la casa que se levantaba frente a él. Su extensa familia había tenido que conformarse con vivir en un casa muy pequeña, mientras que probablemente los ocupantes de aquel palacio carecerían de hijos. Y él había tenido que compartir un pequeño dormitorio con otros dos hermanos durante su infancia y su adolescencia, mientras que sus tres hermanas habían compartido otro. El pequeño bungalow de ladrillo de Gloucester City sólo había tenido un cuarto de baño, hasta que su padre y su tío Leo instalaron otro en el sótano. Qué lujo había sido aquello, recordaba Nick, sonriendo irónico. Dos cuartos de baño. Se habían acabado las esperas; al menos, las superiores a veinte o treinta minutos.

Aun así, Nick no habría cambiado una sola coma de la educación que había recibido. A pesar de sus apuros económicos, y de que tanto él como sus hermanos y hermanas empezaron a trabajar con dieciséis años, nunca tuvo la sensación de carecer de algo en la vida. Hasta ese momento los Campisano formaban una familia unida, y sin duda eso se debía a que habían aprendido el valor del compromiso y de compartir las cosas a una edad tan temprana.

Y no había nada en el mundo que a Nick le importara más que su familia. Nada.

Bajó la mirada a la hoja de papel donde había apuntado las informaciones que sobre el bebé abandonado le había dado la teniente Skolnik. Los datos habían sido recabados con precisión, pero evidentemente la mujer que les había avisado debía de haberse encontrado algo alterada, ya que el crío lloraba como un demonio cuando les telefoneó. Se llamaba Carry Wayne, y era médica. Nick esperaba no haberse equivocado de casa. Contemplando de nuevo el gran edificio de estilo Tudor, decidió que, trabajara de médica o no, aquella mujer tenía que ser muy rica.

Abrió la puerta del todoterreno empujándola, ya que soplaba un fuerte viento de cara. La nieve cubrió rápidamente sus pesadas botas de montaña. Se abrochó la parka color azul marino, se puso sus gruesos guantes de piel y se subió la capucha, pensando que no tenía sentido agarrar una pulmonía cuando tenía por delante cuatro días de vacaciones. Para cuando llegó ante la puerta principal, jadeaba del esfuerzo de haber cubierto aquella corta distancia con una nieve tan profunda, y con aquel viento. Tendría que terminar cuanto antes con aquel asunto si albergaba alguna esperanza de quedar libre por la mañana. Llamó dos veces al timbre, y esperó. Al oír al otro lado el llanto de un niño, se dijo que, afortunadamente, no se había equivocado de casa. De repente la puerta se abrió, y Nick abrió la boca para pronunciar un saludo.

Pero ni una sola sílaba salió de sus labios.

Porque una vez que vio a la persona que estaba frente a él, ya no pudo hablar, ni respirar, ni pensar. Lo único que pudo hacer fue contemplar a aquella mujer de cabello oscuro y ojos azules, y rememorar la forma y detalles de su cuerpo, bajo la seda de su pijama color violeta. No era la doctora Carrie Wayne, pensó estúpidamente. La persona que recibió el aviso había recogido mal el nombre. Era la doctora Claire Wainwright. Como si necesitara algo más para empeorar aquella noche.

Capítulo Dos

El bebé no había dejado llorar desde que a Claire se le ocurrió levantarlo de la cuna. Nada más oír el timbre, se lanzó como una bala a abrir la puerta, con él en los brazos... y se quedó paralizada al ver a Nick. De toda la gente que podía haber acudido a su llamada, ¿por qué había tenido que ser precisamente él?

Por supuesto, sabía que era policía, y que trabajaba y vivía a unos veinte minutos de su casa. Pero nunca, ni en sus más desquiciados sueños, se le había ocurrido pensar que cuando llamara a la policía para informar del descubrimiento de un bebé abandonado, Nick aparecería para encargarse del caso. Se preguntó por qué habrían enviado a un detective de narcóticos. Y de mandar uno, ¿por qué había tenido que ser el mismo que la había seducido quince años atrás?

«Oh, vamos, Claire», se recriminó de inmediato. «Él no te sedujo, exactamente. Tú envolviste tu virginidad con papel de regalo y un bonito lazo, para ofrecérsela en bandeja». Procuró desechar aquel recuerdo y se obligó a retroceder un paso para dejarle entrar. Evidentemente, Nick no necesitaba invitación para hacerlo, porque no dudó en pasar al vestíbulo y Claire se apresuró a cerrar la puerta a su espalda. Lo observó sin decir nada mientras él se bajaba la capucha y se quitaba los guantes, sin dejar de mirarla a los ojos. Claire advirtió entonces que en los tres años transcurridos desde que lo vio por última vez, su cabello negro como el ébano había empezado a encanecer levemente.

Pero, por lo demás, su apariencia seguía intacta, con aquella belleza áspera y aquella abrumadora confianza en sí mismo, tan alto y fuerte como siempre... ¿Cómo podía haberse olvidado de su altura, que tanto podía intimidarla? Pero ahora que pensaba sobre ello, Nick jamás le había intimidado cuando estuvieron juntos. Eso sólo había ocurrido desde su ruptura, tras graduarse en el instituto...

Nuevamente evocó su último encuentro, y la incómoda situación que habían tenido que soportar. Habían coincidido por casualidad precisamente en una boda, doloroso recuerdo del episodio en que ella había rechazado su petición de matrimonio, hacía tantos años. Nick también parecía estar recordando aquellos tiempos, según advirtió Claire, a juzgar por la expresión desconfiada de su mirada y por el gesto tenso de su boca. Su boca, tan increíblemente sexy y masculina. Mejor sería que no sonriera, ya que demasiado bien recordaba lo peligrosa que podía llegar a ser la sonrisa de Nick Campisano.

No pudo contener un suspiro al evocar aquellos recuerdos tan cálidos. La sonrisa de Nick siempre le había transmitido la sensación de que todo en el mundo marchaba bien. Y también la había puesto de rodillas...

–Claire –pronunció con tono suave a manera de saludo, con tono inexpresivo.

A pesar de ello, Claire estaba tan próxima a derretirse como un copo de nieve al sol. El simple sonido de su nombre pronunciado por aquella voz aterciopelada...

–Nick –se las arregló para devolverle el saludo, contenta por haber podido disimular la emoción que la embargaba. Sin embargo, ninguno de los dos parecía saber qué decir más allá de aquellas escasas sílabas.

Lo cual no le sucedía al bebé, que seguía llorando. Aunque se había interrumpido temporalmente cuando Nick entró en el vestíbulo, había estallado en sollozos en medio del tenso e incómodo silencio que siguió. Una reacción completamente apropiada, por lo que se refería a Claire. Ella misma estaba empezando a sentir ganas de llorar. Automáticamente, aunque no con demasiada soltura, empezó a mecer a la niña en sus brazos, pero no hizo nada por calmar su ansiedad. Al contrario, parecía incluso más agitada, y elevó el volumen de sus sollozos.

–Así no –le dijo Nick, bajándose la cremallera de la parka, y extendió los brazos para recibir al bebé como si fuera lo más natural del mundo.

Claire se lo entregó, muy dispuesta, y Nick se lo apoyó cuidadosamente sobre su cálido pecho, acariciándole tiernamente la espalda. Casi de inmediato el llanto fue amainando, hasta que cesó por completo.

–Sshh –susurró Nick–. Ya está, corazón. Nadie va a hacerte nada. Shhh.

Incluso aunque sabía que aquellas palabras estaban dirigidas al bebé, de alguna manera también hicieron que Claire se sintiera mucho mejor.

–Gracias.

Nick seguía mirándola a los ojos mientras acunaba a la niña, y un millón de reproches parecía brillar en sus oscuras profundidades. Claire buscó desesperadamente algo que decir para aligerar la tensión del ambiente, sin que se le ocurriera nada, así que durante unos segundos más continuaron mirándose en silencio. Nick murmuraba palabras de cariño al bebé, y Claire permanecía con los brazos cruzados frente a él, observando. Observando la manera en que su enorme cuerpo protegía a aquella diminuta vida dentro del círculo de sus brazos. Observando la forma en que se suavizaba y enternecía su expresión mientras acunaba a la niña sin esfuerzo, con absoluta naturalidad

Finalmente, la visión de Nick con el bebé terminó por hacérsele dolorosamente insoportable a Claire, que abandonó el vestíbulo para dirigirse al salón. E intentó no pensar en el hecho de que, si las cosas hubieran sido distintas, a esas alturas habría podido estar casada con Nick, y el bebé que mecía en aquellos momentos en sus brazos habría podido ser suyo...

«Detente, Claire», se amonestó de inmediato. Los cosas no habían sido distintas. Ellos no se habían casado, y aquel bebé no era suyo. Mucho tiempo atrás había tomado una decisión, y ahora tenía que arrostrar las consecuencias. Sólo porque las cosas no hubieran funcionado de la manera esperada, no... No tenía sentido ceder a las lamentaciones. Incluso si en aquel entonces se hubiera casado con Nick, no tenía garantía alguna de que en aquel momento habrían seguido casados. Claire sabía que nunca habría podido ser feliz con el tipo de vida que Nick había imaginado para ellos. Y su infelicidad, sin lugar a dudas, habría pesado sobre él, con lo que muy probablemente a esas alturas ambos se habrían sentido muy desgraciados.

Afortunadamente sus pensamientos fueron interrumpidos cuando Nick la siguió al salón con el bebé en los brazos. Al pasar a su lado, Claire vio que la niña se había quedado dormida. Con exquisito cuidado Nick volvió a colocarla en la cuna, dejándola luego en el suelo, frente al sofá. Por un momento se quedó mirando en silencio al bebé, que parecía estar chupando un biberón imaginario.

Claire sonrió al verla. Pero en ese momento Nick se levantó y se volvió para mirarla, con lo que su sonrisa desapareció de repente. Sin hablar, señaló con la cabeza el otro extremo de la sala, sugiriéndole tácitamente que allí podrían hablar sin riesgo de despertar al bebé. Claire lo precedió en esa dirección, deteniéndose frente a la chimenea.

Nick aún no se había quitado la parka, pero se la había abierto revelando un holgado suéter color tabaco y unos vaqueros azules. Sin dejar de mirarla a los ojos como esperando a que empezara su relato, sacó un pequeño bloc de notas y un bolígrafo de su bolsillo interior. La acusación que antes había brillado en su mirada había desaparecido, y su actitud no era ya tan hostil. En muchos aspectos, Claire tenía la sensación de que se había convertido en un completo desconocido.

–¿Quieres contarme de qué va todo esto? –le preguntó al fin, aunque parecía estar refiriéndose a algo todavía más complejo que el descubrimiento de un bebé en la puerta de su casa.

«Bueno, Nick, te lo contaré. Tú querías algo completamente distinto de lo que yo quería, y ni una sola vez se te ocurrió preguntarme por mis propios sueños y deseos. Sólo podías pensar en ti mismo, y supusiste que yo te seguiría tranquilamente en todo. Esto contesta a tu pregunta». Pero Claire desechó esa respuesta antes de que las palabras pudieran salir de sus labios, evitando de ese modo montar una escena. En lugar de ello explicó, pasándose una mano temblorosa por el pelo:

–Estaba en la cama cuando oí que llamaban al timbre poco antes de la medianoche.

–¿Sola?

–¿Ves a alguien más por aquí? –inquirió Claire, sin poder evitar un tono de incredulidad.

–No –convino–. Pero eso no quiere decir necesariamente que estuvieras aquí sola.

–Estoy sola –musitó. Luego, sólo por puro resentimiento, añadió–: esta noche al menos.

Aquel dardo verbal debió de haber impactado en el blanco, porque Nick volvió a fruncir el ceño y un brillo de furia apareció en sus ojos.

–Bien. Estabas aquí sola y oíste el timbre de la puerta antes de la medianoche. ¿Y entonces qué sucedió?

–Al principio no hice caso. Pensé que probablemente se trataría de algún bromista. Pero tocaron dos veces más al timbre, así que al fin bajé a abrir.

–¿Tienes costumbre de abrir la puerta a desconocidos en mitad de la noche, cuando estás sola en casa?

–Habitualmente yo no tengo que abrir la puerta en mitad de la noche –replicó, decidida a dejar que él mismo averiguara si era porque normalmente no recibía visitas a aquellas horas de la noche, o porque usualmente había alguien en la casa con ella, supuestamente de género masculino, que abría la puerta por ella. Antes de que él pudiera objetar algo, se ocupó de añadir–: Pensé que podría ser algún paciente. Y no bajé corriendo para abrirle la puerta y darle la bienvenida; antes me asomé a la ventana. Fue entonces cuando vi a una mujer al pie del sendero de entrada.

–¿Viste a aquella mujer dejándote el bebé?

–No llegué a ver literalmente cómo dejó la

21

cesta a la puerta de casa, pero creo que fue ella quien lo hizo porque no había nadie más cerca.

–¿Llegaste a distinguirla bien?

–No. Estaba oscuro y nevaba mucho, pero tuve la impresión de que era joven. Todo lo que puedo decirte con seguridad es que era blanca, que tenía el pelo largo y rubio, y que llevaba un abrigo negro. Nada más.

–¿Le dijiste algo?

–No. Tan pronto como la vi allí, encendí las luces del jardín y ella salió corriendo. Sin embargo luego se detuvo y mostró una actitud vacilante, como si no quisiera irse tan rápido. De hecho, cuando yo abrí la puerta, se marchó lentamente, sin dejar de mirarme. Sólo se fue después de comprobar que yo había visto la cesta. Creo que, antes de desaparecer, quería asegurarse de que el bebé iba a quedar a salvo dentro de la casa.

Nick la miraba con expresión pensativa mientras asimilaba la información.

–Hablas como si disculparas su comportamiento.

Claire abrió la boca para protestar, pero luego la cerró, optando por meditar su respuesta:

–Quizá sí, en cierta forma. Quienquiera que fuera aquella joven, realmente parecía reacia a marcharse. Creo que jamás habría abandonado al bebé sin antes asegurarse de que alguien lo metería en su casa.

–Sin embargo, eso no disculpa su comportamiento.

–No, claro.

–Pero puedo entender por qué tú lo consideras aceptable –añadió sarcástico.

–Yo nunca he dicho eso –replicó, enfadada–. No pongas palabras en mis labios, Nick.

–Ya, pero no eres muy aficionada a los niños, ¿verdad? –la acusó.

–Hey, me gustan los niños... mientras no sean míos y guarden las distancias.

–Entonces probablemente simpatizarás con la mujer que te ha dejado esa alegría de la casa en la puerta, ¿verdad? Probablemente habrías hecho lo mismo si hubieras tenido un hijo no deseado...

–Yo jamás abandonaría a un niño. Y tampoco concebiría uno del que luego no me ocupara. Y no, no simpatizo con ella. Pero considero erróneo sentenciar y condenar a esa chica sin conocer las circunstancias de su situación. Aun así –se apresuró a añadir, antes de que él la interrumpiera–, yo también puedo entender por qué un tipo como tú ve la situación en términos de blanco o negro. Nunca fuiste muy bueno para distinguir los matices, ¿verdad? O se hacían las cosas a la manera de Nick, o tenía que enfrentarse a ti.

–¿Qué más deseas contarme acerca de este episodio que pueda servir de ayuda? –le preguntó él, conteniendo su irritación.

Durante el siguiente cuarto de hora Nick estuvo haciéndole numerosas preguntas acerca del abandono de la niña, que Claire se esforzó por responder. En la mayor parte de ellas, sin embargo, de poca utilidad pudo servir. Todo había sucedido con tanta rapidez que muy pocos detalles habían quedado registrados en su cerebro.

Finalmente Nick cerró su bloc de notas y se lo guardó en el bolsillo de su abrigo. Después de lanzar otra mirada al bebé, que seguía durmiendo, se volvió hacia Claire con gesto preocupado. Ella esperó a que le hiciera una nueva pregunta sobre su inesperada visitante, pero Nick, en cambio, inquirió:

–¿Qué tal te ha ido, Claire?

Aquel rápido e inesperado cambio de tema, junto con el inequívoco tono de ternura de su voz, la tomó por sorpresa. Había desaparecido por completo la anterior hostilidad, y cualquier síntoma que no fuera una sincera preocupación por su bienestar. Por un momento no supo qué decir.

–Oh, bien –musitó al fin, desechando la extraña sensación de que se había equivocado con su vida–. Yo, uh... –desvió la mirada–... sí, me ha ido bien.

–¿Sólo bien?

Claire aspiró profundamente, ansiando poder retroceder el reloj casi veinte años, hasta el día en que vio por primera vez a Nick Campisano, en el instituto Overdale de Gloucester City. Era como si hubiera transcurrido toda una vida. En aquel entonces, Claire había sido una tímida y flacucha adolescente, que se escondía detrás de unas gruesas gafas y de una ropa demasiado grande. Nick Campisano, con su atractiva apariencia y su aire de seguridad, le había parecido una especie de dios romano. Ya desde que era estudiante de segundo curso, causaba verdadero revuelo entre las universitarias. Y Claire, como una humilde y novata estudiante de primer año, no había entrado por entonces en su esfera de existencia.

No, eso no había sucedido hasta algún tiempo después, cuando Nick ya se encontraba en su último año, y Claire había cambiado sus gafas por lentes de contacto. Se habían encontrado en la cafetería, donde la casualidad, y una botella de Ballantine, los había reunido ante una misma mesa. Cinco minutos había tardado Nick en seducirla, convenciéndola de que saliera con él. Después de eso, ninguno de los dos había podido dar marcha

24

atrás. No hasta el día en que Claire se graduó en Princeton con unas excelentes calificaciones en Biología, y recibió una carta de aceptación para la facultad de Medicina de Yale. Aquel día todo empezó a desentrañarse.

–Sí, bien –pronunció cuando recordó que su pregunta requería una respuesta–. Estoy bien –repitió de nuevo, como si quisiera convencerse a sí misma.

–Ya, bueno, supongo que no se puede negar –le comentó él–. Tienes un aspecto magnífico.

Un torrente de calor invadió su cuerpo al escuchar aquel comentario, pero inmediatamente Claire procedió a extinguirlo. No tenía sentido esperar algo que no iba a suceder. Incapaz de contenerse, sin embargo replicó:

–Tú también.

–Bonita casa –comentó de nuevo Nick, en esa ocasión sin inflexión alguna en su voz–. Supongo que te habrá ido muy bien.

–Sí.

–Probablemente –rió irónico, casi despreciativo–, hayas pagado más dinero por esta casa que el que yo pueda ganar en diez años.

Claire no podía contradecirlo, porque sabía que tenía razón. Así que no dijo nada.

–Supongo que ya has conseguido todo lo que querías, ¿no, Claire?

«Bueno, no todo, Nick», quiso contestarle.

–¿Cómo sabías tú lo que yo quería? –optó por preguntarle a su vez con tono suave, sin amargura. No quería revivir la hostilidad anterior, pero tampoco iba a consentir que se marchara convencido de que lo que había sucedido entre ellos era únicamente culpa de ella–. Nunca te molestaste en preguntármelo.

–Hubo un tiempo en que tanto tú como yo queríamos lo mismo –repuso él–. No necesitaba preguntártelo.

Aunque aquello no era del todo verdad, Claire no se molestó en objetarlo. Simplemente declaró:

–Éramos unos críos, Nick. Entonces no podíamos saber lo que queríamos realmente.

–Oye, habla por ti. Yo sabía con exactitud lo que quería.

–Entonces quizá debiste haberte preocupado más de ello.

Nick la observó bajo la luz dorada de la lámpara de mesa, e intentó aplacar con todas sus fuerzas el acelerado latido de su corazón. En aquel entonces, nada habría podido hacerle más feliz que hacerse cargo de Claire y velar por ella. Nada. Y tampoco en aquel instante podía pensar en nada que le agradara más.

Pero años atrás, a Claire le habían importado más cosas aparte de Nick Campisano. Y por eso, más que por cualquier otra cosa, Nick no podía perdonarla. Le había ofrecido construir su propia vida en torno a ella y en tono a la familia que habrían debido fundar. Y Claire le había abandonado. Porque eso no había sido suficiente para ella.

Pensó que tenía un aspecto increíble, mucho mejor que lo que había imaginado. La última vez que la vio, se había sentido demasiado abrumado e impresionado para poder decirle algo. Todo lo que pudo hacer fue mirarla en la pista de baile de la sala Knights of Columbus, ansiando sacarla a bailar y maldiciéndose por eso mismo.

En aquel momento, si hubieran seguido juntos, estarían celebrando su décimo o duodécimo aniversario de boda. Estarían preocupándose por sus hijos. Habrían formado una familia: una gran, bulliciosa y feliz familia de South Jersey. Pero en lugar de eso, estaban solos. Y si tenía que hablar por él mismo, la felicidad era algo que no había podido encontrar.

–Yo te escuchaba, Claire –se defendió con tono suave–. Lo que pasa es que pensaba que tú misma no te creías lo que decías. Me parecía imposible que concedieras a otras cosas más importancia que a lo nuestro.

Claire entreabrió los labios en un evidente gesto de sorpresa, pero no dijo nada; ni negó ni confirmó su aserto. En lugar de ello, se abrazó con fuerza, como si estuviera haciendo esfuerzos por no desmoronarse.

–Entonces, eh... ¿qué vas a hacer respecto al bebé? –le preguntó al fin.

Nick intentó decirse que se sentía aliviado por su pregunta, contento de que ella no tuviera más ganas que él de remover el pasado. De alguna manera, sin embargo, el cambio de tema no le agradó.

–Para serte sincero, no estoy seguro. Debería llamar a Servicios Sociales, pero antes no se puso nadie al teléfono, así que no tengo muchas esperanzas de encontrar a alguien a estas horas. E incluso si lo consiguiera, no creo que nadie se aventurara a venir hasta aquí con este tiempo.

–Pero... pero... –musitó, pálida–... alguien tendrá que venir aquí esta noche.

–Ya –Nick se encogió de hombros–, bueno, lo intentaré, pero no concibas demasiadas esperanzas.

–Pero alguien tiene que venir.

–Claire, yo...

–Tienen que hacerlo, Nick –lo interrumpió, aterrada.

Nick se quedó asombrado ante su reacción. Sabía que no era muy aficionada a los niños, algo que no descubrió hasta que ella le mandó a freír espárragos, pero su presente reacción era sorprendente. Sólo era un bebé, pensó. ¿Por qué se molestaba tanto?

–Voy a llamar –le aseguró–. Pero con este tiempo, y en Nochevieja, no creo que nadie pueda venir pronto. De hecho, sería un milagro que pudiera localizar a alguien.

–Entonces haz ese milagro –insistió Claire–. Ahora.

–¿Por qué? ¿Por qué te molesta tanto?

–Porque no puedo hacerme cargo sola de este bebé. Es imposible.

–Bueno, no sudes tanto –sonrió Nick, experimentando una cálida sensación ante la perspectiva que se le presentaba–. Aunque esta noche no venga nadie de Servicios Sociales, no estarás sola.

–¿Que no estaré sola? –lo miró con curiosidad.

–No –le aseguró–. Porque me encantará quedarme aquí para ayudarte. En todo lo posible. Toda la noche.

Capítulo Tres

Tal y como Nick había sospechado, en Servicios Sociales nadie se puso al teléfono. Y tampoco hubo nadie disponible en la otra media docena de números a los que llamó, en sus esfuerzos por conseguir que alguien fuera a casa de Claire a recoger al bebé.

Después de dejar el teléfono inalámbrico en su lugar, sobre el mostrador de la cocina, se volvió hacia Claire encogiéndose de hombros.

–Lo siento –por alguna razón, sin embargo, no lo sentía en absoluto–. Me temo que hasta mañana después de mediodía, como muy pronto, no podrás librarte de la Bella Durmiente.

Habían dejado la cesta con el bebé en la cocina, y en aquel instante la criatura dormía plácidamente. A la débil luz de la lámpara que estaba encima de la enorme nevera, Claire había preparado café. Mientras Nick llamaba por teléfono, Claire había servido dos tazas y en aquel momento estaba agarrando la suya con ambas manos, fuertemente, como si constituyera su único asidero con la realidad. Leyéndole el pensamiento, musitó:

–Esto no puede estar sucediendo. Tiene que ser un sueño. No, una pesadilla –se apresuró a corregirse–. No puedo creer que vaya a quedarme atrapada aquí, contigo y con un bebé, hasta mañana por la tarde.

Nick intentó no dar demasiada importancia a

sus palabras, que respondían al pánico que sentía. Pero le dolía darse cuenta de que Claire calificaba de pesadilla el hecho de pasar algún tiempo con él. No podía sorprenderse de ello, pero le dolía.

–Ya, bueno, míralo de esta forma –repuso, dominando su amargura–. Quizá no sea hasta mañana por la tarde.

–¿No? –lo miró esperanzada.

–No. Tal vez no venga nadie hasta pasado mañana.

–Eso no tiene gracia –replicó furiosa.

–Dímelo a mí. Si crees que a mí me gusta más que a ti quedarme en esta casa contigo, estás muy equivocada. Yo soy el tipo al que dejaste colgado, en caso de que lo hayas olvidado –«el único que no dejó de amarte», añadió para sí mismo, aunque tampoco estaba demasiado contento de ese hecho.

¿Qué sentido tenía negarlo?, se preguntó. Había transcurrido más de una década desde que le pidió a Claire que se casara con él. Más de una década para superar lo que había sentido por ella y seguir adelante con su vida. Y durante todo ese tiempo, no había hecho ni una cosa ni otra. Todavía la amaba. Era su amor por Claire lo que le había impedido casarse con otra mujer.

Era tan sencillo como que nunca podría amar a otra mujer. No completamente. No de la misma forma que amaba a Claire.

No estaba tan amargado como para culparla de lo desgraciado que se había sentido por aquellos días. Claro, a esas alturas habría deseado estar casado con ella y haber tenido hijos, y sabía que su vida nunca sería completa sin una familia propia. Pero había sido decisión suya permanecer soltero y sin hijos, y no mantener con otras mujeres más que relaciones superficiales puramente físicas. Había sido decisión suya contemplar su futuro como una larga y solitaria existencia. Y ciertamente no podía culpar a Claire de todo eso. Pero tampoco la perdonaba por ello.

Claire suspiró, interrumpiendo sus reflexiones:

–No empecemos otra vez. Es absurdo, y no haría más que empeorar esta situación. No vamos a aprender el uno sobre el otro más de lo que ya sabemos.

–Absurdo –repitió sardónicamente Nick–. Ya, es una buena palabra. Lo nuestro fue algo completamente absurdo, ¿no?

–Nick...

–De acuerdo, de acuerdo –levantó ambas manos, en un gesto de rendición–. Te prometo que seré un buen chico. De verdad.

Claire elevó los ojos al cielo, pero se abstuvo de comentar nada. En lugar de ello, concentró su atención en el bebé.

–Parece que está durmiendo mucho. ¿Estará bien? Quiero decir que... yo pensaba que los bebés no dormían tan bien.

–Depende del bebé –respondió Nick, encogiéndose de hombros–. Muchos duermen fatal, pero otros lo hacen como troncos. Además, esta criatura debe de tener al menos seis o siete meses, una edad a la que suelen dormir mejor. Y, hey –añadió con tono suave–, esta noche no ha sido precisamente muy propicia para que duerma bien, ¿verdad?

–Pareces saber mucho sobre bebés –lo miró con expresión de sospecha–. ¿Es que... tienes alguno?

Nick no pudo evitar fijarse en que bajó rápidamente la mirada a su mano izquierda, buscando una alianza de matrimonio. «Oh, vaya», pronunció para sí. «¿Detecto cierto tintineo de celos en la voz de Claire? Bueno, bueno, bueno...»

–No, ni estoy casado ni tengo hijos. Pero tengo un montón de sobrinos y de sobrinas. Hace un mes Angie tuvo gemelos, con lo que ya son cuatro los hijos que tiene, y...

–¡Estás de broma! –exclamó, feliz–. ¿Angie? ¿La pequeña Angie tiene cuatro hijos?

Su sonrisa era conmovedora, su alegría contagiosa, y Nick no pudo evitar sonreír a su vez.

–Hey, la «pequeña Angie» ya tiene veintiocho años –señaló–. Y ya lleva seis casada.

Claire sacudió la cabeza, incrédula.

–Es increíble. La recuerdo siguiéndonos a todas partes cuando no era más que una cría.

–Siempre le caíste muy bien. Después de nuestra ruptura, estuvo meses sin hablarme. Estaba segura de que yo te dije o te hice algo lo suficientemente malo como para que te marcharas de Connecticut.

–Nick... –le advirtió de nuevo.

–No estoy intentando remover viejos asuntos –declaró, sincero–. Sólo estoy estableciendo un hecho. No puedes esperar que pasemos algún tiempo juntos, por poco que sea, y que no salga a colación algún aspecto de nuestro pasado –se acercó a ella, y con no poco esfuerzo, se contuvo de tocarla–. Durante un tiempo estuvimos muy unidos, tanto si lo quieres admitir como si no.

Claire entreabrió ligeramente los labios, sorprendida. Por un instante sólo pudo contemplarlo en silencio, con sus ojos reflejando una emoción que probablemente habría debido disimular. Nick se dijo que los ojos de Claire siempre habían sido su perdición: tan azules, tan fascinantes, tan condenadamente expresivos. Claire nunca podía esconder sus sentimientos, porque invariablemente sus ojos la traicionaban. Ellos también habían sido su perdición.

Y en aquel momento sus ojos le estaban diciendo a Nick que recordaba aquellos tiempos incluso mejor que él. Cada músculo de su cuerpo le estaba gritando, reclamando que se acercara a ella, que la estrechara entre sus brazos. Para revivir aquellos recuerdos del pasado y crear más para el futuro. Incluso después de una década de separación, incluso después del trastorno emocional que había sufrido a causa de su abandono, todavía seguía queriendo a Claire. Con todo su corazón, con toda su alma. Hasta que la muerte los separase. «Estupendo, Nick», se dijo. «Esto es sencillamente fantástico».

–No es que quiera negar lo importantes que llegamos a ser el uno para el otro –repuso ella–. Al contrario. Quizá recuerde aquello mejor que tú.

–¿Entonces? ¿Qué es lo que ocurre?

Claire suspiró de nuevo y abrió la boca para decir algo, pero luego se lo pensó mejor. Se limitó a sacudir lentamente la cabeza y giró sobre sus talones, no antes de que Nick llegara a descubrir un brillo de lágrimas en sus ojos. Algo que le conmovió hasta lo más profundo de su alma.

Aquellos ojos, se dijo Nick, siempre habían sido problemáticos. Algunas cosas, al menos, no habían cambiado.

Claire no podía imaginar qué podía haberla impulsado a actuar de esa manera. Como si no tuviera ya bastante con haberse hecho responsable, al menos en parte, de un bebé abandonado.

Como si no tuviera ya bastante con que la persona con la que estaba compartiendo esa responsabilidad fuera un hombre al que había desterrado de su vida, un hombre al que no había esperado volver a ver, sucediera lo que sucediera. Como si no tuviera ya bastante con que los dos hubieran emprendido un peligroso viaje por el sendero de sus propios recuerdos.

No. Como si todo eso no fuera bastante, estaba empezando a pensar que quizá, sólo quizá, en lo mas profundo de su ser, en un solitario compartimento de su corazón que había creído sellado para siempre, aún seguía enamorada de Nick Campisano. Incluso después de todos aquellos años. Incluso después del terrible trauma que había tenido que superar tras su ruptura. Incluso después de todo eso, deseaba a Nick en su vida. Sustancial, eternamente.

«Maravilloso, Claire. Acabas de ascender a un nivel superior de estupidez».

Se pasó una mano por los ojos, simulando un gesto de fatiga con la esperanza de que Nick no hubiera notado la presencia de las lágrimas. ¿Por qué diablos estaba llorando?, se preguntó. Intentó decirse que solamente estaba exhausta. Eran casi las tres de la madrugada, y llevaba cerca de veinticuatro horas levantada. Era por eso, porque se sentía tan debilitada, por lo que había sufrido aquel ataque de melancolía.. No podía seguir enamorada de Nick después de tanto tiempo. Aquello era absurdo.

«¿Ah, sí?», le preguntó una débil voz interior. «¿Entonces por qué nunca has sido capaz de comprometerte con ningún otro hombre? ¿Por qué no has encontrado a nadie que te hiciera sentir lo que te hizo sentir Nick?

En lugar de responder a aquella voz, Claire le ordenó que se callara y que la dejara en paz. Pasándose por última vez la mano por la cara, se volvió para mirar a Nick. Parecía tan exhausto y desanimado como ella; evidentemente, ambos necesitaban dormir, y mucho.

–Deberíamos acostarnos –le dijo. Al oír la leve exclamación de incredulidad de Nick, añadió–: No era eso a lo que me refería, y lo sabes –se volvió de nuevo hacia él, y vio que ya no parecía tan cansado como antes. De hecho, parecía bastante capaz de permanecer despierto durante horas, si se le ofrecía el suficiente estímulo.

–Hey, yo no sé nada. ¿Por qué? ¿A qué te estabas refiriendo tú? Vaya, vaya, Claire, deja de pensar ya en eso.

–Ya te gustaría a ti que pensara en eso –le espetó.

–Recuerdo ciertas ocasiones en que los dos lo hacíamos. Fue muy divertido...

Claire se inquietó ante lo que consideraba un muy peligroso tema de conversación. Pero no podía luchar contra el calor que le despertaban aquellos recuerdos, y que explotaba rápido y furioso en su cerebro. Rápida y furiosa: así había sido siempre su relación. Como si ambos hubieran temido no poder saciarse jamás el uno del otro. Como si desde el principio hubieran sabido que su tiempo era limitado, y que debían aprovechar cada segundo. Como si no hubieran soportado separarse. Como si hubieran necesitado devorarse mutuamente para sobrevivir.

Intentó decirse que ambos, por aquel entonces, no habían sido más que unos chicos. Que no había sido más que un problema de hormonas. Eso era lo único que les había hecho reaccionar con tanta intensidad: hormonas, biología, química. Y, bueno, anatomía también. Era todo muy científico, muy natural. Una reacción química: ni más ni menos. Pero ya eran dos adultos, perfectamente capaces de conservar ese tipo de reacciones bajo control. No había manera de que la pasión volviera a consumirlos como antes.

Miró a Nick otra vez, sintiendo que su nivel de madurez decaía conforme se elevaba su temperatura corporal.

—Todo eso pertenece al pasado —le dijo, intentando no atragantarse con aquella mentira—. Ahora no queda entre nosotros nada de eso.

—Seguro, Claire —repuso, sarcástico—. Lo que tú digas. Si así te sientes mejor, sigue adelante y regodéate en tu pequeña fantasía.

—No es una fantasía —insistió—. Es verdad.

—Así que has superado completamente el pasado. ¿Es eso lo que intentas decirme?

—Sí.

—Entonces... —dio un paso hacia ella—, desde que me abriste la puerta hace un par de horas, ¿no has experimentado ni siquiera un solo resto de lo que antiguamente sentías por mí?

—No —respondió, aunque no pudo disimular un leve temblor en la voz.

—¿Ni siquiera una pequeña chispa de calor? —dio un nuevo paso.

En aquella ocasión, Claire no confió en su voz por miedo a que la traicionara, así que se limitó a negar con la cabeza. Nick, en cambio, continuó hablando, y todavía dio otro paso hacia ella.

—¿Ni siquiera un simple rescoldo?

En aquella ocasión Claire ni siquiera fue capaz de negar con la cabeza. Todo lo que pudo hacer fue contemplar el rostro de Nick, hipnotizada pro el brillo de sus ojos oscuros.

–Entonces dime –bajó la voz hasta convertirla en un murmullo peligrosamente seductor–. ¿Soy sólo yo quien está sintiendo esta corriente de electricidad que circula entre nosotros?

Claire se aclaró la garganta con dificultad y se obligó a responder. Desgraciadamente para ella, la única respuesta que le salió fue, cuando menos, pobre:

–Yo, eh... creo que te estás imaginando cosas, Nick.

Un paso más, y Nick se detuvo muy cerca de ella, apenas unos centímetros los separaban. Claire se dijo que debería haberse sentido ofendida de que se le hubiera acercado tanto, sin pedirle permiso, sin preguntarse cómo se sentiría ella. Era otro recordatorio del motivo por el cual su relación no había podido funcionar. Por mucho que ella lo amaba, Nick siempre la había avasallado, había invadido su espacio y su ser. Lo había hecho sin desearlo realmente, y no porque hubiera querido más de lo que ella quiso darle. Así era Nick: invasor, avasallador, abrumador. Demasiado grande, demasiado feliz, demasiado sociable, demasiado amante, demasiado cariñoso, demasiado...

Demasiado demasiado.

Claire siempre se había sentido eclipsada, dominada. No sólo por Nick, sino por todo el clan de los Campisano. Todos eran como él. Demasiado afectivos, demasiado amables, demasiado protectores. Todos ellos sintonizaban perfectamente entre sí, como si todos juntos compusieran las distintas piezas de un gigantesco mecanismo. Aquello de lo que uno carecía, lo tenía otro.

Y Claire, que nunca había sido testigo de algo parecido en su propia familia, cuyos escasos parientes siempre se habían caracterizado por sus problemas para expresar lo que sentían, se había sentido como una verdadera extranjera entre los Campisano. Por mucho que había amado y necesitado a Nick, y por mucho que había apreciado a su familia, nunca había tenido la sensación de pertenecer a su mundo.

Y era precisamente esa cercanía e intimidad lo que Nick habría esperado encontrar en la familia que había querido fundar con ella. Eso se lo había dejado meridianamente claro. Había querido que tuvieran una media docena de hijos, que vivieran en el viejo barrio donde vivían sus padres, que Claire se quedara con los niños mientras él se mataba a trabajar para mantenerlos. Había querido ser el mismo tipo de padre que había sido su padre. Había querido que su futura familia fuera exactamente como la suya: la siguiente generación de los Campisano. Y Claire sencillamente no había podido permitirlo. Ella no había querido dar a luz seis hijos y dedicar toda su vida a su cuidado: ni siquiera a uno. No había querido ejercer de ama de casa. Había querido ejercer de médico, como sus padres. No había contemplado su vida con Nick de la manera que él había esperado y previsto.

Simplemente, no era una persona «familiar». No estaba hecha para eso, por mucho que le hubiera gustado. Nick nunca había sido capaz de comprenderlo. Y en aquel instante, mientras estaba frente a ella, mirándola de la misma forma en que la había mirado hacía tantos años, Claire experimentó aquella misma sensación de incompatibilidad, pero enfrentada al deseo que sentía por él. En aquel instante, no era con la familia Campisano con quien quería compatibilizarse: era sólo con Nick. Quería sintonizar con él de la misma manera en que lo había hecho antes.

Nick pareció percibir su contradictoria reacción, porque no insistió más. Bueno, al menos no mucho más. Sólo levantó una mano para acariciarle una mejilla. Después, tras una leve vacilación, la tomó de la barbilla y le levantó la cabeza para poder mirarla bien a los ojos.

–No puedes engañarme, Claire. Nunca podrás. Incluso cuando me dijiste que no querías casarte conmigo, sabía que me estabas mintiendo. Sabía que querías hacerlo. Pero aun así, me rechazaste de todas formas. Y ni siquiera pude entender por qué.

Claire abrió la boca para replicar, pero en seguida se dio cuenta de que no sabía qué decirle. Su simple contacto había nublado sus emociones, estimulado todo su cuerpo. Instintivamente ladeó la cabeza para disfrutar más de la caricia de su mano en su mejilla, con la naturalidad de una flor abriéndose al sol. Cerró los ojos diciéndose que sólo sería por un instante, lo suficiente para vislumbrar algo de lo que pudieron haber vivido juntos.

Demasiado tarde se dio cuenta de que un instante, un simple vislumbre, nunca sería suficiente, ya que despertaría demasiados sentimientos que había creído enterrados.

Nick debió de sentir lo mismo, porque retrocedió un paso como si la reacción de Claire lo hubiera inquietado de alguna forma, lo hubiera puesto en alerta. No retiró, sin embargo, la mano, temeroso de romper el contacto y de dejarla ir. Sin saber por qué lo hacía, Claire dio un paso adelante y cerró los dedos en torno a su muñeca. Y después, tan sorprendida como él, depositó un beso en el centro de su palma.

–¿Por qué... por qué has hecho eso? –balbuceó Nick.

Todo lo que pudo decir Claire en respuesta fue:

–Por los viejos tiempos.

Nick se la quedó mirando con la boca abierta, y si aquel momento no hubiera sido tan agudamente doloroso, Claire se habría reído ante su expresión. No podía recordar haber sorprendido nunca de esa forma a Nick Campisano. Y ahora, después de todos aquellos años, se las había arreglado finalmente para conseguirlo.

Sólo deseaba poder comprender por qué se le había ocurrido intentarlo.

Nick quiso replicar algo, pero las palabras no llegaron a salir de sus labios. No porque no tuviera nada que decir, sino porque la criatura que había aparecido horas antes en la puerta de la casa de Claire escogió aquel preciso momento para despertarse.

Inexplicablemente, los suaves sonidos que hizo el bebé al despertarse lograron conmover a Claire, provocándole una sensación que jamás antes había experimentado. Maldijo en silencio; ¿por qué no podía aquella niña despertarse chillando y llorando? ¿Por qué tenía que ser tan... tierna?

No tuvo nada de sorprendente que fuera Nick quien atendiera al bebé, pero lo hizo tras una leve vacilación. Después de lanzarle una enigmática mirada a Claire, atravesó la cocina para tomar en brazos a la niña. En el momento en que lo hizo, los gemidos incrementaron su volumen, y Claire se preparó para una nueva llantina. Pero el estallido de llanto no se produjo. En lugar de ello, al volverse, vio a Nick meciendo al bebé en sus brazos, sonriendo mientras la criatura le tocaba la nariz con su manita.

–Me encanta cuando hacen esto –pronunció con voz cálida–. Como si nunca hubieran visto una nariz antes y se estuvieran preguntando para qué sirve.

De repente la niña le soltó la nariz y empezó a quejarse.

—Oh, oh.

—¿Qué? —inquirió Claire, nerviosa—. ¿Qué le pasa? ¿Se encuentra bien?

—Prepárate —le dijo, con una voz terriblemente seria. Seguía mirando al bebé, con su atención totalmente concentrada en su rostro.

—¿Qué? —Claire estaba frenética—. ¿Qué tiene?

—Creo que esto se va a poner serio.

—¡Nick! —gritó, rodeando la mesa. La cara del bebé estaba enrojeciendo; mantenía los ojos apretados y su boquita tenía un gesto de dolor.

—¡Dios mío! —exclamó Claire—. ¿Qué le sucede?

Pero Nick no parecía ni mucho menos preocupado.

—Espera un momento.

El bebé empezó entonces a gorjear, algo que Claire interpretó como si se estuviera ahogando.

—¡Por el amor de Dios, hazle la maniobra de Heimlich! —gritó. Cuando vio que Nick ni se inmutaba, añadió, dándole un codazo—: ¡Nick! ¡Haz algo!

—Hey, no tengo que hacer nada —repuso, riendo entre dientes—. Creo que ella ya lo está haciendo por nosotros.

Claire abrió la boca para objetar de nuevo, pero de pronto percibió un fuerte olor inequívoco y terrible a la vez.

—Dios mío —repitió, ya menos alarmada, pero tapándose la nariz con dos dedos—. ¿Qué es lo que le da de comer su madre?

Nick se echó a reír, deleitado y aliviado a la vez, y la tensión anterior se evaporó de repente. Claire había temido que el bebé estuviera padeciendo un terrible dolor, cuando de hecho simplemente había satisfecho una sencilla necesidad natural.

–No voy a cambiarle el pañal –pronunció Claire con firmeza.

La risa de Nick se convirtió en una cálida, maravillosa y maliciosa sonrisa mientras le preguntaba, con falso tono inocente:

–¿Por qué no?

–Porque evidentemente esto es... radiactivo.

Nick rió de nuevo. Resultaba obvio que, como ella, estaba aligerando la tensión de la situación con el fin de aliviar las incómodas sensaciones que antes habían surgido entre ellos.

–Yo se lo cambiaré esta vez –le dijo–. Pero estamos juntos en esto, Claire. La próxima vez, te tocará a ti.

–Oh, vaya... Apenas puedo esperar.

Otra razón más para evitar la maternidad, se dijo Claire. De alguna manera, sin embargo, ese argumento no tuvo tanto éxito en convencerla como había pensado en un principio. Incluso después de dejar de taparse la nariz, no sintió el asco y la repugnancia esperados. «Oh, bueno», exclamó para sí. Todavía tenía una noche, y un día, por delante. Surgirían numerosas oportunidades para que descubriera por sí misma lo pésima madre que podía llegar a ser. Seguro que para el día siguiente por la tarde, los tres se habrían dado cuenta de que sería una farsa pretender lo contrario.

Seguro.

Capítulo Cuatro

Quince minutos después, cuando cesó el llanto del bebé, una vez cambiado, Nick le dio el biberón. Nada más verlo, la niña se abalanzó ansiosa hacia él y lo chupó ávidamente, mientras cerraba la manita sobre un dedo suyo. Y Nick no pudo menos que conmoverse.

¡Cómo le gustaban los bebés! Y lo niños mayorcitos todavía más. Mimaba sobremanera a sus sobrinos y sobrinas. ¿Que querían una bicicleta nueva? Se la pedían al tío Nick. ¿Querían que alguien les ayudara a hacer los deberes? Recurrían al tío Nick. Oh, excepto los logaritmos. No tenía ni idea de cómo se resolvían.

Ya, el tío Nick se derretía con los críos; lo sabía todo el clan de los Campisano. A pesar de ello, era el único miembro de la familia que no había tenido hijos. Y para colmo, era también el único miembro de la familia que se había enamorado de alguien que no quería tenerlos. Lo cual era algo que jamás había podido entender de Claire. Desde el momento en que la conoció, había pensado que podría llegar a ser una gran mamá. Reunía todos los requisitos para ello: era tierna y cariñosa, tenía paciencia y... Bueno, quizá a veces tuviera problemas para expresar sus sentimientos, pero nadie era perfecto. Y en cuanto a sus caderas... Bien, no hacía falta decir más.

Ese pensamiento le obligó a desviar la mirada

del bebé que sostenía en su regazo para fijarla en aquella parte de la anatomía de Claire. Estaba de pie al otro lado de la cocina, abrazada en un gesto defensivo. Eran unas caderas estupendas, de curvas perfectas, que se adaptaban perfectamente a sus manos...

Cuando empezaron a salir juntos, Nick había pensado que Claire era una persona muy nerviosa, y por ello había procurado relajar su tensión todo lo posible. A pesar de sus intentos, sin embargo, ella se había resistido durante meses enteros. Con aparente naturalidad, siempre se las arreglaba para retirarle el brazo cuando Nick lo apoyaba sobre sus hombros, o encontraba cualquier excusa para soltarle la mano. Durante los primeros meses que pasaron juntos, Claire siempre había sido la primera en interrumpir sus besos o abrazos.

Durante mucho tiempo, Nick había llegado a pensar que quizá a Claire no le gustase tanto como ella a él. Progresivamente, sin embargo, fue comprendiendo que su resistencia a expresar sus emociones no era resultado de una carencia de sentimientos por su parte. Al contrario, se había dado cuenta de que sentía las cosas mucho más profundamente que la mayoría de las personas. Sus padres habían sido buena gente, pero poco expresiva. Obviamente habían querido mucho a Claire, pero no se lo habían demostrado con palabras, o caricias. Y de ahí su dificultad para expresar cualquier emoción sincera.

Francamente, a Nick le costaba entender ese tipo de comportamiento. El código de los Campisano ordenaba que cuando alguien quería a alguien, se lo decía. La vida era demasiado corta para andarse con rodeos a la hora de decir la verdad. ¿Qué objeto tenía disimular, esconder los sentimientos? Pero los Wainwright no habían sido un tipo de gente proclive al despliegue, ni físico ni verbal, de afecto. Aunque Claire pertenecía obviamente al tipo de personas que más lo necesitaban.

Y eso era lo que más desconcertaba a Nick. Una vez que Claire se acostumbró a él, a su manera de comportarse, ya no volvieron a separarse. Se acurrucaba en su regazo cuando necesitaba que la abrazara. Sus manos siempre acababan por entrelazarse, en una especie de acuerdo tácito. Hacían el amor apasionadamente, sin inhibición alguna. Hubo veces en que Nick pensó que la principal razón por la que Claire lo amaba tanto... era porque había sido él quien le había hecho exteriorizar lo que sentía.

Pero algo había fallado en alguna parte. Claire había priorizado su independencia a su relación con él. Y Nick seguía sin comprender el porqué. Había pensado que Claire era feliz con él, que quería a su familia, que quería vivir con él para siempre...

Y en muchos sentidos, aún seguía pensándolo. Pero, en ese instante, Claire parecía tan poco proclive a exteriorizar sus sentimientos como al principio de su relación. Tan reacia a hablar siquiera de un posible futuro juntos como lo había sido hacía una década. Aun así, de alguna forma tenía la impresión de que, a pesar de que estaba llevando exactamente la misma vida que había escogido vivir, no se sentía muy contenta. Seguía echando algo de menos, algo muy importante. Quizá algo que ni siquiera ella misma acertara a identificar.

Y disponían de bastantes horas por delante para descubrirlo. Nick se alegró de ello; no estaba dispuesto a dejar pasar aquella oportunidad. Resultaba muy extraña la manera en que se habían cruzado sus caminos en aquella Nochevieja, con ocasión de aquel bebé abandonado. Y había resultado especialmente conveniente que los dos hubieran quedado atrapados allí durante horas, enfrentados a sus propios recuerdos...

–¿Crees que deberíamos darle de comer? –le preguntó Claire mientras Nick la observaba abstraído.

–Probablemente no sea necesario hasta mañana.

–Odio decírtelo, Nick –consultó su reloj–. Pero ya es mañana.

–Me refiero a mañana por la mañana. Después de tomar el biberón, probablemente vuelva a quedarse dormida si la mecemos un poco.

–Hay una mecedora en mi dormitorio –le informó Claire–. Podría traerla aquí, pero es demasiado grande para moverla.

El bebé apuró el último resto de biberón, y Nick se lo puso sobre un hombro para que expulsara los gases.

–No hay problema. Puedo mecerla allí. Si tú te encargas de llevar la cesta, puede dormir en tu dormitorio.

La expresión que cruzó por el rostro de Claire rozaba el pánico.

–¿En mi dormitorio? –repitió–. ¿Vas a instalarla en mi habitación?

–Claro. ¿Por qué no? De esa manera tú también podrías dormir un poco.

–¿Y tú?

–Algo me dice que tienes una habitación para los invitados en alguna parte.

–Sí, un par –afirmó Claire–. ¿Pero por qué no te llevas la cesta del bebé a alguna de ellas y te quedas a dormir allí? Tú sabes cuidarlo mejor que yo.

–Pero la mecedora está en tu habitación –le recordó Nick–. Y, hey, ¿qué mejor manera de aprender que con un poco de práctica? –añadió con una sonrisa, porque sabía que eso la irritaba. Y prefería verla irritada antes que aterrada.

–No quiero aprender a cuidar bebés –replicó entre dientes–. Antes tú siempre te olvidabas de eso, ¿verdad?

–Hey, tú nunca me lo dijiste, hasta que yo te lo mencioné –le espetó Nick, y no pudo contenerse de añadir–: ¿Recuerdas? Fue el mismo día en que yo te pedí que te casaras conmigo, y tú me arrojaste la propuesta a la cara.

Claire dejó caer los puños cerrados a los costados, un movimiento que hizo que la bata se le deslizara hacia abajo, revelando parte del valle que se abría entre sus senos. Al menos lo suficiente para que el corazón de Nick empezara a latir como un tambor.

–Ya está –pronunció, tensa–. Evidentemente no vamos a ser capaces de evitar hablar de eso, así que será mejor que lo aclaremos de una vez por todas.

Nick se dijo que, desde luego, Claire estaba muy, pero que muy enfadada. Directamente en el blanco. Uno a cero para los Campisano.

–Sshh –le chistó, más para evitar que empezara a pegarlo que porque fuera a asustar al bebé–. Creo que se está quedando dormida.

Claire le lanzó una venenosa mirada.

–¿Dónde dijiste que estaba esa mecedora? –le preguntó él, bajando la voz.

–Arriba, en mi habitación –rezongó. Su boca se había convertido en una fina línea, pero aún dudaba de sus verdaderos motivos.

–¿Dónde?

–Arriba –musitó, y añadió suspirando–. Sígueme.

«A donde tú quieras», le dijo Nick en silencio. Se levantó cuidadosamente sosteniendo al bebé, esperó a que Claire recogiera la cesta de la mesa y la siguió por el pasillo y el salón, hasta una ancha escalera situada cerca de la puerta principal. Todavía no se había hecho una idea de las dimensiones de aquella casa, y pensó que Claire debía de haber ganado mucho dinero durante todos esos años. Desde la primera vez que la vio había sabido que deseaba convertirse en médico, como sus compañeros. Pero, sinceramente, Nick no le había concedido demasiada importancia a aquel objetivo, principalmente porque según se fue profundizando su relación, no se le ocurrió pensar que Claire querría continuar sus estudios en la Universidad. Había estado tan convencido de que sería mucho más feliz como esposa y como madre...como esposa y madre de sus hijos.... Pero ahora se daba cuenta de que había tenido mucho éxito en su vocación y en su trabajo, algo a lo cual parecía haberse dedicado en cuerpo y alma.

En el mejor de los casos, Nick esperaba que así fuera. Porque de alguna manera no podía quitarse de la cabeza el temor de que pudiera estar compartiendo todo aquello, su vida entera... con otro hombre. «Su vida», pensó de nuevo. La vida que Nick había querido que dedicara, en lugar de a su trabajo, a él mismo y a la familia que fundaran.

Tuvo que admitir que quizá no debió haber esperado que Claire se convirtiera en algo distinto de lo que ella misma quiso ser, ni haber supuesto que adoptaría con facilidad un papel que él había creado para ella. Quizá debió haberse tomado con más seriedad su insistencia en labrarse una carrera propia. Quizá debió haberle escuchado con mayor atención cuando Claire le expresó sus necesidades y deseos. Nick simplemente había supuesto, en lo más profundo de su alma, que sus necesidades y deseos reflejaban los suyos propios.

Se había equivocado, y tenía que reconocerlo. Se había equivocado hacía tantos años al suponer que Claire deseaba, para los dos, un futuro idéntico al que él aspiraba. Al sugerirle que se conformara con un estilo de vida que sólo él deseaba. Se había equivocado... en muchas cosas. Y se preguntaba si aún estaría a tiempo de corregirlas. Necesitaba tiempo...

A Nick le pareció que la habitación de Claire estaba decorada como un harén. No podía imaginar otra palabra que la describiera mejor. Era todo dulzura, luz y hermosura; lujosa y absolutamente femenina. La alfombra tejida presentaba un elaborado diseño floral, en tonos pastel azules y amarillos. La cama era ovalada, de columnas, con largas cortinas de seda color marfil y azul cielo. Grandes y mullidos almohadones de variadas formas estaban dispersos por doquier, en el suelo, sobre la cama y en el diván.

No estaba sorprendido. Claire siempre había sido una apasionada de la estética, de los pequeños detalles de buen gusto. Tenía sentido que se hubiera rodeado de tanta belleza y que durmiera en aquella cama tan tentadora...

Pero sus pensamientos estaban volviendo a jugarle una mala pasada. Obligando a su mente, y a su líbido, a concentrarse en el asunto que tenía entre manos, recorrió con la mirada el resto del mobiliario hasta que descubrió la mecedora en una esquina, y en ella se sentó mientras Claire dejaba la cesta del bebé en el suelo, al lado de la cama.

Claire no pronunció una sola palabra mientras él se ponía cómodo, pero desvió la mirada en el momento en que empezó a cantarle al bebé en susurros. Naturalmente, por haberse criado también en Jersey, Bruce Springsteen siempre había sido el cantante favorito de Nick, así que escogió una de sus más tiernas baladas para dormir a la criatura. Como solía suceder con sus sobrinos y sobrinas, la canción funcionó a las mil maravillas. En cuestión de minutos, la niña había vuelto a quedarse dormida. Nick se levantó con mucho cuidado para depositarla en la cesta y concentró luego su atención en Claire, que estaba mirando al bebé con una expresión mezclada de curiosidad y ternura. Y mientras contemplaba aquella expresión, una leve esperanza aleteó en el pecho de Nick. Quizá, sólo quizá...

–Qué canción de cuna tan pintoresca –comentó ella con tono suave.

–Me gusta esa balada –repuso Nick en el mismo tono, encogiéndose de hombros.

–Es curioso que hayas escogido una canción que tuvo tanta popularidad cuando tú y yo éramos unos críos.

–¿Ah, sí?

–Y que hablara del paso del tiempo y de la renuncia al pasado, para que aquellos que ahora son jóvenes puedan disfrutarlo.

–¿Ah, sí? –murmuró él de nuevo.

–Sí, así es. ¿Empiezas a ser consciente de tu mortalidad, Nick?

–No, de mi mortalidad, no.

–¿Entonces?

–Bueno, como te he dicho antes, simplemente me gusta esa canción.

–Mmm.

Nick no añadió ningún comentario. probablemente porque no estaba seguro de lo que debía decirle. Simplemente se la quedó mirando en silencio, descubriendo algunas hebras plateadas en su melena oscura, la huella de unas leves arrugas alrededor de sus ojos azules y de su boca roja como la fresa. Y no pudo evitar pensar que era todavía más bella de lo que le había parecido en aquel entonces, y que ansiaba abrazarla y hundirse en su suavidad y en su calor, no separarse de ella jamás...

Como él no le contestó, Claire señaló la cabeza con la puerta, indicándole que podía seguirla fuera de la habitación, donde podrían charlar sin despertar al bebé. Nick le indicó también por señas que lo precediera, y ella salió al pasillo y entró en la habitación que estaba justamente frente a la suya.

Cuando Claire encendió una lámpara, Nick vio que se hallaban en un dormitorio para invitados amueblado con el mismo lujo y sensualidad que el de ella. Pero mientras que su habitación era absolutamente femenina, aquélla era mucho más masculina, y no pudo evitar preguntarse si tendría un habitual... visitante que la ocupara a menudo. Fue Claire la primera en romper el silencio, manteniendo un volumen de voz bajo y uniforme, a pesar de que el bebé estaba en el otro dormitorio y que la puerta estaba cerrada. Pero mientras escrutaba su rostro, Nick descubrió que no lo hacía por temor a despertar al bebé... sino porque se estaba esforzando a todo trance por dominar su enfado.

Evidentemente seguía furiosa por la discusión que habían entablado en la cocina hacía unos momentos. Quería terminar lo empezado.

–Supongo que debimos haber dejado esto claro hace doce años –comenzó a decir–, porque nunca llegamos a percibir como cerrado lo que hubo entre tú y yo, ¿verdad? Realmente nunca lo dimos por terminado, de la manera en que debimos haberlo hecho. Yo creía que sí, pero resulta obvio que todavía quieres decirme muchas cosas. Y quizá yo también a ti.

Nick estaba de acuerdo con ella. Pero no del todo. Como Claire, no estaba nada convencido de que las cosas entre ellos hubieran terminado doce años atrás. En cada una de las escasas ocasiones en que se habían encontrado a lo largo de todos aquellos años, había existido una innegable atracción, la sensación de que en cualquier momento podrían retomar lo que habían empezado y volver a enamorarse loca, apasionadamente.

En lo más profundo de su corazón, Nick no pudo evitar preguntarse si quizá fuera ésa la razón de que hubiera permanecido soltero durante todo ese tiempo. Porque nunca había sido capaz de sacudirse la impresión de que todavía había esperanzas de que lo suyo con Claire acabara por funcionar. Aunque por la manera en que lo estaba mirando en aquel instante, nadie lo habría dicho.

O quizá el hecho de que experimentara sentimientos tan intensos por él, aunque no fueran de amor ni de cariño, fuera una buena señal. Delgada era la línea que separaba el amor del odio... y todo eso.

−¿Debimos haberlo zanjado todo, de una vez por todas, en aquel entonces? −le preguntó él−. ¿Podíamos haberlo hecho? Piensa en ello, Claire. ¿Era incluso posible que hubiéramos podido terminarlo doce años atrás? ¿Es posible ahora? ¿De verdad piensas que alguna vez tú y yo no reaccionaremos el uno con el otro de esta forma tan absolutamente elemental?

Claire retrocedió ante su vehemencia, entreabriendo los labios con un gesto de sorpresa. Nick no había tenido intención de expresar de esa forma lo que sentía, pero... ¿qué sentido tenía negarlo? Sinceramente, no creía que pudieran dar por acabada la relación que antaño habían compartido. El fuego que los dos habían generado, ardería para siempre. No había forma de extinguirlo.

Fue entonces cuando Nick, finalmente, descubrió la razón por la que Claire había rechazado su petición de matrimonio. No era porque no lo hubiera amado, ni porque no hubiera querido pasar el resto de su vida con él. Era porque, en aquel entonces, había sabido que con su inteligencia y ambición, algún día habría podido llevar una vida como la que actualmente llevaba. Una vida rodeada de lujos, de cosas caras, en una enorme casa. Un vida de respeto y reconocimiento de los demás, de riqueza y prosperidad. Una vida de la que podía sentirse orgullosa. El tipo de vida que Nick Campisano nunca, jamás, habría podido permitirse.

—Es eso, ¿verdad? —expresó sus pensamientos en voz alta, sin darse cuenta.

—¿A qué te refieres? —lo miró confundida.

—Acabo de descubrirlo, Claire.

—¿Qué es lo que acabas de descubrir?

—Al fin he comprendido lo que intentabas decirme hace doce años. El motivo por el cual no te casaste conmigo.

—¿Ah, sí? Oh, discúlpame si encuentro tu descubrimiento algo sorprendente.

—No lo es. Lo tuve delante de mí durante doce años, pero es ahora cuando he empezado a darme cuenta de ello.

–Explícate.

–No podías llevar una vida sencilla, ¿verdad? –le dijo bruscamente–. Querías más. Querías dinero, reconocimiento, respeto. Querías ser la doctora Claire Wainwright, una médica rica y famosa. Y no la señora Campisano, esposa y madre de seis hijos en Gloucester City, Nueva Jersey. Por eso me dejaste, ¿verdad, Claire?

Claire lo miró con una expresión de absoluta incredulidad, incapaz de dar crédito a sus oídos. ¿Era aquélla la conclusión que había sacado de su relación? ¿Era aquél el tipo de persona que creía que era: una mujer frívola y calculadora, amante del lujo por encima de todo?

Como si su vida fuera lujosa, pensó con aire taciturno. Como si su vida fuera rica, o fácil. Sí, tenía una bonita casa y mucho dinero, pero... ¿cómo podía ser Nick tan estúpido como para pensar que esas cosas eran lo que más valoraba en el mundo? ¿Y cómo podía tener miras tan estrechas como para esperar que ella habría anulado su propia identidad para asumir la suya? Si se hubiera casado con él, habría esperado otra cosa que ejercer de «señora Campisano», por el amor de Dios... Además de todo lo que Nick habría esperado que sacrificara, le habría exigido renunciar a su propio apellido...

–No seas tonto, Nick.

–¿Tonto? –inquirió, entre asombrado y ofendido–. ¿Estoy siendo tonto?

–Sí, estás siendo tonto. En primer lugar: ¿cómo puedes pensar que yo habría sacrificado mi relación contigo simplemente por dinero?

–Porque eso es exactamente lo que hiciste.

–No, no lo hice.

–Claro que sí –replicó él–. No tienes más que mirar a tu alrededor.

–Hey, quizá haya aprovechado bien mi situación económica –reconoció Claire–, pero no tomé aquella decisión hace doce años porque quisiera hacerme rica.

–¿No?

–Claro que no. Y en segundo lugar –continuó, antes de que él pudiera objetarle algo–, ¿cómo puedes pensar que me habría convertido en la «señora Campisano» cuando nos hubiéramos casado?

–Bueno, ¿qué otra cosa habrías podido ser? –inquirió perplejo.

En aquella ocasión fue Claire quien emitió una exclamación de incredulidad.

–Vaya... quizá sólo sea una intuición, Nick, pero... quizá habría podido seguir siendo Claire Wainwright.

–¿Habrías conservado tu apellido de soltera después de que nos hubiéramos casado?

Claire se dijo que aquello ponía de manifiesto la escasa atención que Nick había puesto a todo lo que ella le había dicho doce años atrás.

–Hum... ¿Nick?

–Sí, Claire.

–Puede que esto te sorprenda, pero, hum, no son pocas las mujeres que conservan su apellido de solteras después de casarse. Tal vez te parezca algo revolucionario, pero es así. Y mi apellido es mío. Es el que me pusieron mis padres al nacer. ¿Por qué debería cambiarlo al casarme?

«Pobre Nick», pensó Claire. Su cabeza parecía estar bullendo por dentro por el esfuerzo de asimilar tantas novedades. De manera extraña, su expresión de total confusión e incertidumbre llegó a conmoverla profundamente. Un tipo de unos cuarenta años que había nacido un par de décadas demasiado tarde. Supuso que debería apiadarse de él, ser tolerante. El caso era que había un montón de hombres en el mundo que respetaban y admiraban el proceso de emancipación de las mujeres.

Pero Nick Campisano no; nunca. Por mucho que ella le hubiera amado, Nick había estado a un par de pasos, o de años luz, por detrás del resto del mundo por lo que se refería a las mujeres. Por supuesto, si era sincera, tendría que admitir que era ésa una de las cosas que más le habían gustado de él en aquel entonces: su anticuado carácter, tan distinto del de la mayoría de los chicos del instituto. Nick había estado mucho más interesado por la caballerosidad que por los Chevrolets. Y, realmente, había sido un adolescente adorable. De adulto, sin embargo...

¿Pero a quién pretendía engañar? Seguía siendo adorable, pensó Claire. Poco realista, pero adorable. Y fue en ese instante cuando su furia se evaporó.

Desafortunadamente, su certidumbre de que doce años atrás había tomado la decisión correcta, y de que lo suyo con Nick nunca volvería a funcionar, seguía inmutable. Y no porque fuera de clase baja, como él parecía pensar. O porque no hubiera podido proporcionarle la vida que él pensaba que había querido llevar. Claire no se había propuesto desde el principio comprarse una casa grande y un mobiliario caro. Todo aquello era sencillamente accidental, acompañaba por fuerza el tipo de trabajo que había escogido.

Tenía que reconocer, sin embargo, que Nick llevaba una parte de razón. Aunque no estaba necesariamente interesada en la riqueza, sí lo estaba en el respeto y en el reconocimiento de los demás. Pero incluso en ese punto, Nick no había estado precisamente muy acertado. Porque no se trataba de aspirar al respeto y reconocimiento de los demás por el trabajo que había elegido. Quería el respeto y el reconocimiento de Nick hacia ella como persona. Como la persona, fuera la que fuera, que había escogido ser.

–Olvídalo, Nick –le pidió. No tenía ningún sentido insistir en lo que antaño habían tenido. Ni siquiera aunque no pudieran dejarlo enterrado en el pasado–. Nada va a pasar entre nosotros –añadió con voz entristecida, a su pesar–. Lo que tú y yo vivimos, quizá no podamos darlo completamente por terminado. Pero tampoco podemos retomarlo donde lo dejamos. Y no podemos salvar el abismo que durante doce años se ha abierto entre nosotros. Porque la razón que creó ese abismo ha estado presente desde el principio, Nick, lo queramos admitir o no.

Él la observó en silencio durante un buen rato, con expresión consternada y un brillo en los ojos de... ¿qué? Claire no podía precisarlo bien.

–¿Tú no crees que podríamos construir un puente que salvara ese abismo? –inquirió al fin, sin que su voz traicionara nada de lo que pensaba o sentía.

Claire negó lentamente con la cabeza,.

–¿No crees que al menos tiene algún sentido intentarlo?

Nuevamente negó con la cabeza.

–No me digas que tú sí lo crees.

–¿No? –inquirió él.

Su respuesta la sorprendió. Y como Nick no dijo nada más para precisar lo que quería decirle, Claire experimentó una curiosa sensación. Por un instante el mundo entero pareció desaparecer a su alrededor: el tiempo, el espacio, todo. Sólo quedaron Claire y Nick, y los sentimientos que cada uno de ellos había despertado en el otro. Y por un brevísimo momento volvió a tener veintidós años, y quizá, sólo quizá...

–¿Lo crees? –le preguntó Claire, antes de que pudiera evitarlo, con una voz tan dulce y tan llena de esperanza que apenas pudo reconocer como propia.

Durante un buen rato Nick no se movió, no reaccionó, no habló. El único movimiento que Claire logró detectar fue el subir y bajar de su pecho, como si tuviera algún problema para respirar. Sus ojos oscuros tenían una mirada directa y fría, y su boca, siempre tan sexy, no parecía de ningún modo invitadora. Era como si estuviera a kilómetros de distancia de allí.

Entonces, de repente, se despertó de su ensueño y atravesó la habitación a grandes zancadas. Ni siquiera miró a Claire cuando pasó junto a ella antes de salir al pasillo, sin pronunciar una sola palabra acerca de lo que pensaba hacer. Antes de que Claire se diera cuenta de lo que estaba sucediendo, él ya había desaparecido de escena, y aún alcanzó a escuchar el ruido de sus rápidos y firmes pasos en las escaleras.

Sólo entonces, cuando se encontró completamente sola en la habitación de invitados de aquella grande, hermosa y solitaria casa, se dio cuenta de que Nick no había llegado a responder a su pregunta.

Capítulo Cinco

Cuando a la mañana siguiente Claire abrió los ojos, al principio no estuvo segura de lo que la había despertado, ni por qué se sentía tan cansada y desorientada. Por un momento permaneció tumbada en la cama, medio dormida, contemplando la luz del sol que se filtraba por las cortinas color marfil de la ventana. Se preguntó qué hora sería y por qué tenía la sensación de que era tan tarde. Poco a poco fue recordando que había tenido un extraño y maravilloso sueño. Un sueño de nieve y vacaciones, de retazos confusos, y en el que había participado Nick Campisano. Qué extraño. Hacía meses que no soñaba con Nick.

Entonces un sonido que nunca había oído antes llegó a sus oídos. Pero no: lo había oído antes, no hacía mucho tiempo. Era suave, cálido... El de un bebé. «Oh, no. No, no, no...», gimió para sus adentros. Inmediatamente se despertó del todo. Y el pánico que a punto había estado de dejarla paralizada la noche anterior, volvió a asaltarla. Reacia, rodó hacia el otro lado para asomarse a la cesta que, ahora lo recordaba bien, descansaba en el suelo desde hacía algunas horas.

Pero en el momento en que lo hizo, se dio cuenta de que no estaba sola en la habitación. Y no porque el bebé estuviera presente, sino porque Nick estaba sentado en la mecedora, acunando a la criatura en sus brazos.

El bebé estaba vestido con uno de los conjuntos de color rosa que había en la cesta, mientras chupaba ávidamente el biberón. Tenía una manita extendida hacia el rostro de Nick, que le sonreía. Con su pequeña mata de cabello oscuro, aquella niña muy bien habría podido ser su hija. Y con aquellos enormes ojos azules, cualquiera la habría tomado también por la hija de Claire.

–Buenos días –la saludó Nick sin mirarla.

Oh, no: Nick estaba en su dormitorio. Y aparentemente llevaba algún tiempo allí. ¿La habría estado observando mientras dormía?, se preguntó, frenética. ¿Y habría hablado en sueños mientras soñaba con él? El sueño había tenido sus partes «calientes», como siempre que soñaba con Nick. ¿Habría dicho algo comprometedor?

Claire se apresuró a bajar la mirada, y comprobó con alivio que no se había destapado mientras dormía: no debió de haber sido un sueño muy agitado. Esperaba que no pareciera tan exhausta y agotada como se sentía por dentro...

¿A quién quería engañar?, se preguntó de inmediato, taciturna. Probablemente tendría peor aspecto de lo que se sentía. No conseguía recordar la última vez que se había despertado descansada, relajada y contenta. ¿Y a quién le importaba su aspecto, en cualquier caso? No necesitaba presentar un buen aspecto ante Nick. No necesitaba parecer descansada, relajada y contenta delante de él.

«Cierto». Aquella irritante voz interior volvía a molestarla de nuevo: «Porque, bueno, Nick ya te ha visto despertarte bastantes veces, ¿verdad? Ya te ha visto en tus peores momentos. «Y, a pesar de ello, todavía te ama». O al menos le había dicho que la amaba, se recordó de mal humor. Porque un tipo de la edad que Nick había tenido en aquel entonces, con las hormonas alborotadas, le habría dicho cualquier cosa a una chica con tal de conseguir lo que quería...

Pero de inmediato Claire se sintió culpable por haber pensado eso. Nick nunca había sido así. En aquel entonces, la había amado de verdad. Simplemente se sentía disgustada e irritable porque unas pocas horas de sueño no habían bastado para hacer que volviera a sentirse humana, mientras que allí estaba Nick, bañado por la luz del sol, descansado y con su habitual espléndido aspecto.

Se había cambiado la ropa de la noche anterior, y Claire se preguntó de dónde habría sacado esa sudadera de color verde pálido.

—Tenía ropa de gimnasio en el todoterreno —le explicó él como si le hubiera leído el pensamiento—. Limpia —se apresuró a añadir—. Siempre la llevo conmigo, porque varias veces a la semana paso por el gimnasio, de camino a casa. Anoche, con la nieve y todo eso, no lo hice.

Dentro de aquel «todo eso», pensó Claire, habría que incluir la llamada que hizo avisando del bebé abandonado. Asintió con la cabeza, y luego se pasó una mano por el pelo.

—Hum... —empezó de manera muy elocuente, y lo intentó de nuevo—. Eh... buenos días.

—¿Has dormido bien? —le preguntó él, todavía mirando al bebé en lugar de a Claire.

—En realidad, no —respondió sincera.

—¿Has tenido al menos dulces sueños?

Claire le lanzó una mirada cargada de sospecha, preguntándose si le habría vuelto a leer el pensamiento, o si realmente ella había hablado en sueños.

—Eh... no —mintió—. No he soñado.

—Yo sí.

Claire decidió no incidir en aquel tema, y en lugar de ello le preguntó:

–¿Qué tal se encuentra la pequeña esta mañana?

–Muy bien –contestó Nick, risueño, y miró a Claire. Inmediatamente, sin embargo, desapareció su sonrisa y adoptó una expresión de apasionada ternura–. Ella está muy bien –repitió, bajando la voz hasta convertirla en un murmullo–. Como tú.

–Oh, claro –musitó, irónica–. Nick, soy demasiado consciente del aspecto que tengo todas la mañanas para creerme eso.

–Yo también te he visto por las mañanas, Claire –se apresuró a reponer Nick–. Muchas veces, si no lo has olvidado.

–De eso hace más de una década.

–Ya, y ahora tienes todavía mejor aspecto que entonces.

–Oh, claro –repitió. Pero no pudo sobreponerse a la cálida sensación que la invadió al escuchar sus palabras, al ver aquella mirada. Despertarse cada mañana teniendo al lado a un hombre que la mirara de esa forma... Bueno, ciertamente eso era algo a lo que una mujer podría acostumbrarse...

Por supuesto, no debería acostumbrarse a ello. No podía acostumbrarse a ello. Porque era absurdo pensar que Nick y ella podrían aún salvar algo de lo que habían tenido cuando sólo eran unos adolescentes. Tuvo que recordarse que, en aquel momento, Nick solamente estaba de paso por su vida. Y seguía sin tomarle en serio como la mujer independiente que era. Por lo demás, resultaba obvio que seguía deseando cosas que ella misma no quería: muchos hijos, una vida hogareña, una vida como la que habían tenido sus padres. Y Claire... Bueno, aunque no supiera exactamente qué era lo que quería, sabía que no era eso.

–¿Cuánto tiempo llevas levantado? –le preguntó.

–No mucho –volvió a concentrar su atención en el bebé, que estaba acabando su biberón–. Unos quince o veinte minutos. Oí despertarse a la Bella Durmiente, y como no te oí a ti despertarte con ella, supuse que estarías incluso más cansada que yo. Así que me levanté, me vestí, y vine aquí para alimentar a la princesita.

Se vistió, reflexionó Claire, deteniéndose en aquella parcela de su información más que en las otras. Lo que quería decir que había estado desnudo cuando se despertó. Lo que quería decir que se había... desnudado. En su cama de la habitación de los invitados, entre sus sábanas... las mismas sábanas que a veces ponía en su propia cama. Oh, vaya...

–Gracias –repuso Claire, esperando que su voz no traicionara lo que sentía–. Por lo de levantarte para darle el biberón al bebé, quiero decir –se apresuró a precisar–. Yo, bueno... aprecio el gesto, de verdad. Me parece mentira que no la oyera despertarse.

Aquella era otra indicación de que no estaba hecha para ser madre. Ni siquiera se despertaba cuando un bebé se ponía a llorar expresando de esa forma su necesidad de que lo alimentaran.

En ese momento Nick levantó al bebé y se lo puso sobre un hombro, para que expulsara los gases.

–A mí no me sorprende. No estaba armando mucho ruido. Es curioso: no parece que llore mucho. Cualquier otro bebé, abandonado en manos extrañas, probablemente no hubiera dejado de hacerlo. Pero esta pequeña no parece sentirse nada molesta con nosotros.

–Quizá sea genéticamente gregaria –sugirió Claire.

–O quizá simplemente perciba que no tiene nada que temer aquí.

–Bueno, eso es porque ahora tú estás aquí –señaló ella–. Antes de tu llegada, no se sentía nada cómoda ni relajada.

De inmediato pensó que debería de estarle agradecida a Nick por haber aparecido como lo hizo. De hecho, se alegraba de que hubiera aparecido. Pero sólo por el bebé, por supuesto, se apresuró a precisar. Porque no había ninguna otra razón.

–Probablemente llegó a percibir el pánico que sentías anoche –apuntó Nick.

–Una chica inteligente. Porque me sentía verdaderamente aterrada.

–Eso es natural, dadas las circunstancias. Ahora que tú estás más relajada, también lo está el bebé.

–¿Quién dice que estoy relajada?

–¿Es que no lo estás?

–Oh, vamos, Nick –rió irónica–. Llevo doce años sin relajarme.

–Así que doce años exactos... –la miró pensativo.

–Me refería a desde que empecé a estudiar Medicina –repuso irritada.

–Claro.

–Pues claro que sí.

–De acuerdo, vale, Claire –adoptó una expresión de total inocencia–. Lo que tú digas.

Claire ya no pudo añadir nada más, porque el bebé escogió aquel momento para emitir un eructo de proporciones casi meteorológicas, haciendo reír a los tres. La niña se apoyó en el hombro de Nick y esbozó una enorme sonrisa, un gesto que no pudo menos que conmover profundamente a Claire.

–Es realmente adorable, ¿verdad? –comentó, sin poder contenerse–. Me pregunto cómo se llamará. Es extraño que no haya nada entre sus pertenencias que nos diga algo sobre...

–Haley –la interrumpió Nick.

–¿Cómo sabes que se llama Haley? –enarcó las cejas, sorprendida–. ¿Te lo dijo ella? Quiero decir... sé muy poco sobre bebés, pero...bueno, yo pensaba que a estas edades todavía no...

Antes de que Nick pudiera contestarle, el bebé empezó a saltar sobre su regazo como si fuera una caja de sorpresas. Él la sostenía cuando se movía, pero la soltaba al iniciar el movimiento, así que la criatura estaba encantada. A juzgar por su expresión, para ella era una actividad nueva y excitante, que acaba de descubrir, y apenas podía esperar a compartirla con el resto del mundo. Mientras saltaba arriba y abajo, Nick no dejaba de reír, y en un momento determinado la hizo volverse hacia Claire. Y fue entonces cuando vio la palabra Haley bordada en el bolsillo de su diminuto conjunto rosa.

–Oh –exclamó.

–Ah, por cierto, a propósito del cambio de ropa. Ésta es la segunda vez que le cambio el pañal. Ya me debes dos, sea radiactivo o no.

–Vale –concedió Claire, consciente de que disponía de mucho tiempo para fabricar una excusa que le permitiera no hacerlo. Aunque no lo sabía con seguridad, porque ignoraba con cuánta frecuencia...

–Hay más ropa que este mismo bordado a mano con su nombre –añadió Nick, interrumpiendo sus pensamientos–. Parece como si su madre, o quienquiera que sea, tuviera verdadero talento para este tipo de cosas.

–Y más que talento, amor –comentó Claire–. Mucho amor.

–Ya, bueno, alguien tuvo que hacerlo –Nick frunció el ceño–. Quizá su abuela.

–¿Por qué no crees que fue su madre?

–Suena contradictorio, ¿no? Pasas un montón de tiempo cosiéndole ropita para la niña, y luego la abandonas en la peor noche de la historia de Jersey.

–Ya te dije que la madre no se marchó hasta asegurarse de que había metido dentro a la niña –le recordó Claire.

–Pero aun así se marchó, ¿no?

–Sí. Se marchó –suspiró Claire–. ¿Pero quién puede saber cuál era su situación, Nick? No creo que debamos condenarla mientras no conozcamos todos los detalles. Tienen que producirse circunstancias terribles para obligar a una madre a hacer algo así. Dudo que obrara por simple capricho.

–No me importan cuáles fueran las circunstancias de la madre –Nick bajó nuevamente la mirada hacia la niña–. ¿Qué tipo de persona podría mirar a los ojos a esta preciosidad y luego abandonarla? Respóndeme a eso.

–No lo sé. Una chica aterrada. Alguien que sinceramente pensó que abandonar a su hija era lo mejor que podía hacer por ella. Quizá su madre estuviera enferma –sugirió–. Quizá carecía de hogar, o el padre la obligó a hacerlo. Quizá fuera un testimonio de amor: proteger a su hija, proporcionarle un tipo de vida que ella jamás podría haberle dado. No lo sé –repitió, frustrada–. Simplemente tengo la impresión de que no fue un acto de maldad, sino un desesperado intento por parte de una madre de ayudar a su bebé, sabiendo que no podía ofrecerle por sí misma esa ayuda. Si hubiera sido un acto de maldad, el bebé habría sido encontrado en cualquier otra parte. Y probablemente en condiciones mucho peores.

–Ya, bueno, aclararemos eso cuando encontremos a su madre –dijo Nick, sentando nuevamente en su regazo a Haley, que en ese momento se había vuelto para mirar a Claire.

–¿Crees de verdad que la encontrarás?

–Para serte sincero, lo dudo. Es difícil rastrear este tipo de cosas. Haley no es una recién nacida, así que no es posible investigar los hospitales en busca de nacimientos recientes. Sólo podemos esperar que alguien que conozca a la madre empiece a sospechar, y llame a las autoridades.

–¿Crees que eso va a suceder?

–No lo sé. Si la madre es una prófuga de la justicia, dudo que tengamos mucha suerte. Lo mejor que podría pasar, tanto para nosotros como para la madre, es que la propia madre se presentase ante nosotros.

–¿Y qué sucedería en ese caso?

–Depende

–¿De qué?

–De la situación. Si lamenta de verdad haber abandonado al bebé, y reúne las condiciones para ser una buena madre, un juez podría insertarla en una programa de capacitación que la ayudara a hacerse cargo de la niña.

–Eso estaría bien –comentó Claire.

–O tal vez podría perderla. Otro juez podría

considerarla no apta y entregar a la criatura a un centro de acogida.

—Eso estaría mal.

—Quizá sí, y quizá no.

—No pareces tan convencido de la villanía de la madre como lo estabas hace un momento —le comentó ella.

Nick volvió a encogerse de hombros.

—Quizá tengas razón con eso de las circunstancias de la madre. No había pensado en el padre del bebé. Quizá sea un tipo peligroso. O quizá la madre sea una vagabunda, o esté enferma. Me abstendré de juzgarla por el momento.

Claire estaba asombrada. Nick había estado a punto de reconocer que podía haberse equivocado. Nunca en toda su vida lo había visto hacer tal cosa. Cuando eran adolescentes, para Nick todo había sido cuestión de blanco o negro. Jamás había contemplado la posibilidad de que estuviera equivocado: por principio, no se equivocaba nunca. Por supuesto, generalmente Claire se había mostrado de acuerdo con él en una mayoría de cosas. Excepto sobre su futuro.

Claire volvió a concentrarse en el bebé. Verdaderamente era un ricura. Y parecía tan feliz y contenta...

—Aun así, es extraño que la madre de Haley la abandonara sin una nota de explicación —comentó, expresando en voz alta sus pensamientos—. Lo revisé todo, medio esperando encontrar una carta o algo que explicara la situación —se encogió de hombros—. Pero no encontré nada. Sólo los artículos básicos para satisfacer las necesidades del bebé.

—¿Miraste también fuera? —inquirió Nick.

—No se me ocurrió —admitió—, con la nieve y las prisas. Simplemente metí la cesta en casa lo más rápido que pude.

–Yo no vi nada cuando esta mañana salí para recoger la ropa del todoterreno –añadió Nick–. Aunque tampoco se me ocurrió buscar. Ahora ya es plenamente de día, y puede que no sea una mala idea echar un vistazo.

–¿Todavía está nevando? –preguntó Claire.

–Sí, y mucho.

–Estupendo.

–Aun así, no estará de más echar un vistazo. Tú puedes darle a la Bella Durmiente una comida algo más sustanciosa mientras yo salgo a investigar.

–¿Yo? ¿Dar de comer al bebé? ¿Darle comida de bebé de verdad?

–No –Nick elevó los ojos al cielo–. Me refería a comida de bebé invisible. Comida de bebé virtual, de esa que puedes encontrar en Internet. Ya sabes.

Claire le lanzó una mirada cargada de sospecha:

–¿Es que fabrican comida de bebé virtual y la venden por Internet?

Nick la miró asombrado por un momento, y luego estalló en carcajadas: una cálida risa que parecía brotar a borbotones de su alma. Y aunque no podía haber entendido la broma, Haley también sonrió.

–Realmente no tienes ni idea de bebés, ¿verdad? –le preguntó él sin dejar de reír.

–¿No te lo había dicho yo al menos veinte veces? Sigues sin escucharme, ¿verdad, Nick?

–Oigo muy bien, gracias –le aseguró, poniéndose serio de repente–. Pero, como es habitual, lo que dices no tiene ningún sentido.

–No empieces, Nick –pronunció Claire entre dientes.

Nick levantó entonces una mano, con la palma extendida, en un gesto de rendición.

–Puedes hacerlo, Claire. Puedes darle de comer a este bebé.

–No sé...

Nick rió de nuevo al ver su aterrada expresión.

–Oh, vamos... ¡No exageres!

–Yo... yo... yo... no sé cómo se da de comer a un bebé. Ni siquiera sé darle el biberón, así que menos todavía comida sólida.

–Es tan sencillo como abrir un frasco, verter el contenido en un plato, hundir en él la cuchara y luego introducirla... en la boca del bebé.

–Lo dices como si fuera muy fácil.

–Es que lo es, Claire.

–No me fío –lo miró intensamente por un momento.

–¿Por qué no? –preguntó, con una expresión de fingida impaciencia.

–Porque siempre dices las cosas como si fueran muy fáciles, cuando en realidad son difíciles. Por eso.

–Oh, vamos, Claire. Sólo es un bebé. Puedes hacerlo. Puedes darle un pedazo de pastel, un poco de cereal, lo que quieras.

Claire emitió un largo y profundo suspiro, sin dejar de mirar a Nick. Le estaba escondiendo algo; estaba segura de ello. Pero él tenía razón. Haley sólo era un bebé. No había razón alguna para tenerle miedo. Todo lo que tenía que hacer era introducir unas pocas cucharadas de cereal, o de puré de manzana, o de cualquier otra cosa, en aquella adorable boquita.

No parecía tan difícil, desde luego. ¿Qué era lo que podía fallar?

Claire recordó aquellas mismas palabras un par de horas después. Lo hacía mientras seguía intentando, con escaso éxito, rascar el cereal de arroz petrificado del techo de la cocina. Y del suelo. Y de la mesa de la cocina. Y del mostrador, de los armarios, de las ventanas...

Y mientras ella se dedicaba a tan engorrosa labor, Nick estaba sentado tranquilamente, tan limpio y tan alegre, con una riente Haley en su regazo.

–Sinceramente, Nick, tenías que haberme avisado –le recriminó Claire–. Si el Pentágono supiera qué tipo de arma mortal puede ser ésta...

–Vamos, Claire –rió–, sólo es comida de bebé. Cereal de arroz. Muy nutritivo. Al menos eso es lo que dice la caja. Y parece que también le ha gustado el puré de manzana.

–Ya, por poco no me lo echó todo en el regazo –Claire bajó la mirada a las dos enormes manchas que decoraban su pijama, y se pasó una mano por el pelo– o en la cabeza. Creo que necesito una ducha.

–Buena idea. La que antes tomé me sentó a las mil maravillas.

Claire no lo dudaba. Nick había regresado de su infructuosa búsqueda en el jardín delantero con el cabello empapado de nieve y las mejillas enrojecidas por el frío. Había entrado en la cocina, había echado un solo vistazo a la escena que se estaba desarrollando allí, y se había limitado a comentar: «vaya, Claire, parece que lo tienes todo bajo control aquí, así que yo voy a tomarme una ducha». Para luego desaparecer visto y no visto.

–Ya, bueno –repuso Claire, absteniéndose de hacer cualquier comentario–. Bueno, pues ahora mismo voy a hacer precisamente eso. Ducharme, quiero decir. Echarme champú, enjabonarme, frotarme la piel con piedra pómez.... Lo que sea, con tal de quitarme esta porquería.

Nuevamente Nick se echó a reír y, cuando lo hizo, cualquier irritación que hubiera sentido Claire se evaporó como por ensalmo. Tenía una risa tan maravillosa... profunda, fluida, desinhibida, fácil. De Nick, Claire siempre había envidiado su capacidad para no esconder nunca sus sentimientos, ni los buenos ni los malos. Y ella nunca se había sentido cómoda experimentando emociones excesivas, ni siquiera aunque fueran buenas, como el amor y la felicidad. Demasiada emoción podía ser aterradora, podía hacer que una persona perdiera el control, y a Claire no le gustaba entregar el control de sí misma a nadie...

A pesar de eso, y respecto a Nick, recordaba haber perdido el control en numerosas ocasiones. No sólo sexualmente hablando, aunque eso ciertamente había sucedido con mucha frecuencia, sino también emocionalmente. Le había hecho experimentar profundas emociones sobre muchas cosas. La mayor parte acerca del propio Nick, por supuesto, pero también acerca de la vida. Hubo veces en que llegó a sentirse aterrada de lo fácil que le resultaba dejarse llevar, desinhibirse a su lado. Aterrada, porque simplemente no lograba comprender esos sentimientos.

Todavía no estaba segura de comprenderlos. Quería a sus padres, y sabía que ellos la querían a ella. Pero los Wainwright nunca se habían caracterizado por la expresión de sus emociones. Los Wainwright, simplemente, no expresaban lo que sentían. Los Campisano, por el contrario, exponían sus sentimientos sin pudor, de modo que pudiera verlos todo el mundo. Claire sabía que ninguna de las dos actitudes tenía por qué ser correcta o errónea, pero eran muy, muy diferentes. Y no resultaba fácil para un tipo de persona enamorarse de alguien del otro tipo. Ni tampoco librarse de viejos hábitos, o renunciar a un modo de vida...

En realidad, pensó en aquel momento Claire, ninguno de los dos había tenido por qué cambiar para ser feliz. Nick y ella habrían debido ser capaces de seguir cada uno con sus respectivas vidas tal y como eran. Pero... ¿acaso no habían sido sus diferentes maneras de expresarse lo que había acabado por separarlos? Habían querido cosas distintas, y además opuestas.

A Claire empezaba a dolerle la cabeza, lo cual no era nada nuevo. Su estresante trabajo y su vida solitaria conllevaban problemas tales como las frecuentes jaquecas, dolores de espalda, opresiones en el pecho... lo habitual. Sabía que llevar la vida que llevaba no era realmente vivir. Oh, claro, el trabajo le resultaba gratificante y satisfactorio. Y sí, tenía una casa encantadora, dinero en el banco y un plan de jubilación que le cubría las espaldas para el futuro. Pero en realidad, ¿qué bien podía reportarle todo eso cuando no tenía a nadie con quien compartirlo? ¿Y cómo podía superar su dolor físico, para no hablar del emocional, cuando no podía liberarse de aquella tensión y de aquella ansiedad?

–¿Te encuentras bien?

La pregunta de Nick, tan engañosa en su simplicidad, casi la hizo reír. O. mejor dicho, llorar. Porque se daba cuenta de que no, no se encontraba bien. De que había pasado muchísimo tiempo desde la última vez que se había encontrado bien. Y de que no tenía ni idea de cómo hacer que se sintiera mejor.

–Pareces cansada –observó él–. ¿Quieres intentar dormir un poco? Yo puedo recoger todo esto.

–No, estoy bien –mintió–. Voy a ducharme de una vez.

Miró su reloj: eran poco más de las once. En veinticuatro horas no había dejado un solo momento de nevar.

–¿Qué posibilidades calculas que hay de que alguien venga a recoger hoy al bebé? –le preguntó, casi temerosa de saber la respuesta.

Nick vaciló por un momento antes de contestar:

–No son muchas, me temo. Pero intentaré hacer unas cuantas llamadas más de teléfono mientras tú estás en la ducha.

Claire asintió, esperando lo mejor pero preparada para lo peor. Pero lo divertido de la situación era que, de repente, ya no podía discernir bien lo mejor de lo peor. No estaba segura. «Fatiga», se apresuró a decirse. Cuando la gente estaba exhausta, perdía toda noción de sus sentimientos. Sus pensamientos se confundían, y se hacían borrosos los criterios de lo correcto y de lo erróneo.

–Estaré en la ducha –pronunció con tono suave mientras salía de la cocina–. A ver lo que puedes conseguir mientras tanto.

Capítulo Seis

Nick pensó que sería mejor que Claire no supiera lo que le habría gustado hacer mientras ella estaba en la ducha. Porque le habría gustado dejar al bebé en su cesta, seguir a Claire escaleras arriba hasta el cuarto de baño, desnudarse, meterse en la ducha con ella y enjabonarle cada centímetro de aquella piel suya tan...

Y, bueno, no eran pensamientos muy adecuados para un hombre en presencia de una menor. Miró a Haley y le sonrió.

–¿Qué es lo que vamos a hacer contigo? –le preguntó con ternura.

En respuesta, la cría dibujó una «o» perfecta con los labios y pronunció:

–Ooooooooo.

–Ya, eso es lo que yo también estaba pensando. ¿Y si nos damos tú y yo una vuelta por el castillo mientras la reina Claire está en la ducha? No creo que a ella le importe, tú te mantendrás ocupada durante un rato y luego yo podré hacer esas llamadas de teléfono –bajó la cabeza y apoyó suavemente la frente contra la de Haley, que le agarró un mechón de cabello y se puso a jugar con él–. Con seis o siete meses –añadió con tono conspiratorio– no es tan difícil conseguirte entretenimiento.

Después de frotarle la nariz con la suya, apoyó al bebé sobre su hombro y se levantó. Pero en seguida Haley se dio la vuelta hasta quedar mirando al frente, y no a la espalda de Nick.

–Así que quieres ver a dónde vamos en lugar de dónde venimos, ¿eh? –rió Nick–. Esa es una buena señal.

Estaba encantado. Cualquier otro bebé, abandonado y acogido por desconocidos, probablemente en aquel momento estuviera quejándose, tímido y temeroso. Pero Haley no. Ni hablar. Ella era una chica fuerte de Jersey. Y una monada, además. Se preguntó si habría alguna forma de domar aquella mata de pelo oscuro que se le ponía de punta, pero luego decidió que no valía la pena. Aquel pelo tan original le daba cierta personalidad. Como sus grandes ojos azules y su enorme sonrisa sin dientes. Ya era bastante malo que su futuro fuera tan incierto, pensó Nick, poniéndose serio de repente. Una niña como aquélla se merecía algo mejor.

Decidió olvidarse de eso para concentrarse en el presente. Le había prometido a Haley una vuelta por aquel palacio. No importaba que no supiera orientarse. A Claire no le importaría que exploraran un poco.

–De acuerdo, aquí tenemos la cocina –le dijo con tono solemne–. No creo que lo sepas, teniendo en cuenta lo limitado de tu experiencia vital, pero da la casualidad de que esta cocina es más grande que los salones de la mayor parte de las viviendas de los arrabales.

–Oooooo –exclamó Haley.

–Eso traduce exactamente mis sentimientos –asintió Nick.

El bebé tampoco podía saber que aquella cocina tenía una decoración mucho más cara, también, que la de los salones de la mayoría de las viviendas de los arrabales de la ciudad, con su suelo de terracota, sus mostradores de azulejo y sus espléndidos mosaicos. Claire no había escatimado gastos en decorar aquella casa. Era verdaderamente un hogar de ensueño, diseñado y decorado con un cuidado exquisito, con verdadero cariño. El tipo de casa que una persona creaba con la intención de vivir en ella para siempre, rodeada de una gran familia. El tipo de casa adecuado para llenar de felices recuerdos de la crianza de una familia, y luego sentarse a evocar y a disfrutar de esos mismos recuerdos cuando todos los chicos, ya mayores, se hubieran ido. El tipo de casa perfecta para acoger a los nietos...

Pero Nick se obligó a desechar esos pensamientos, asaltado por una repentina melancolía. Claire le había dejado claro que no tenía intenciones de formar una familia, así que no tenía sentido esperar cosas que no iban a suceder. Claire había hecho con su casa lo que quería que fuera, porque era así como la quería, y punto. No tenía sentido elaborar una fantasía que jamás llegaría a materializarse.

–Vale, salgamos de aquí –continuó Nick, saliendo al pasillo con el bebé–. Esto es lo que se conoce como «pasillo».

–Oooooo –comentó Haley.

–Ya, es especialmente bonito –Nick se fijó por vez primera, mientras lo recorría, en la colección de fotografías que decoraban las paredes, y su mirada se detuvo en una en particular que le hizo detenerse en seco.

Era una fotografía en la que aparecía Claire con él y con sus dos hermanos, sentados en las escaleras de la puerta trasera del hogar de los Campisano, en Deptford. En la imagen, Nick sonreía maliciosamente mientras le ponía a Claire los cuernos enseñando dos dedos por detrás de su cabeza, mientras ella se reía intentando impedírselo. Sus hermanos también se reían a carcajadas. Su madre había tomado aquella foto durante el verano que siguió a la graduación de Claire en el instituto, cuando todos eran maravillosamente felices.

Y maravillosamente inconscientes, pensó Nick sonriendo tristemente. Aun así era una gran foto, que había capturado a la perfección la ilusión de la juventud. Desafortunadamente, la gente tenía que crecer y madurar. Desafortunadamente, las cosas tenían por fuerza que cambiar.

Una breve inspección al resto de las fotos le reveló numerosos amigos y parientes de Claire que Nick no reconoció, y dos más le dejaron profundamente conmovido. En una de ellas aparecía con Claire; era uan instantánea tomada en Ocean City poco después de que empezaran a salir juntos. Y en la otra estaba Nick solo, sentado bajo un árbol, con la luz del crepúsculo bañando su rostro y tiñéndolo de tonos rosados, naranjas y amarillos, salpicando de reflejos dorados su cabello.

Era una fotografía íntima, que revelaba lo mucho que la había amado. Porque Claire había sido la única que lo había fotografiado aquel día, y Nick no se había molestado en disimular lo que había sentido por ella en aquel instante. El descubrimiento de que Claire no había desterrado su recuerdo de su vida, sino que lo había conservado en una foto como aquélla, y la había colgado en un lugar donde podía verla cada día, hizo que se sintiera mucho mejor. Quizá todavía existiera una posibilidad de salvar el abismo que se había abierto entre ellos, de que su relación pudiera finalmente funcionar.

Quizá todavía existiera una posibilidad de que Claire lo amara tanto como él la amaba a ella. Porque en aquel momento se dio cuenta, con no demasiada sorpresa por su parte, de que seguía irremediablemente enamorado de Claire. Que los sentimientos que había albergado por ella cuando eran adolescentes no habían desaparecido. Al contrario, conforme había ido madurando con los años, de la misma forma había crecido su amor por ella. Era por eso por lo que nunca se había casado, por lo que nunca había sentido por ninguna otra mujer lo que había sentido por Claire hacía tantos años. Lo que continuaba sintiendo por ella en aquel momento.

Y ahora quizá, sólo quizá, el destino le había facilitado una oportunidad que podría aprovechar. Quizá, sólo quizá, disponía de una posibilidad de enderezar las cosas entre ellos. Eso, por supuesto, si Claire también lo deseaba.

Un muy poco delicado tirón de pelo le recordó que, por el momento, había otra dama que exigía su atención, y miró a Haley con una sonrisa:

–Quizá tú podrías ayudarme a convencer a Claire de que me diera una segunda oportunidad. ¿Qué dices?

En respuesta, Haley le ofreció una enorme sonrisa que le dio la impresión de que podría contar con ella al cien por cien. Impulsivamente le dio un rápido beso en la cabeza, y luego los dos continuaron con su exploración. Apenas se detuvieron en el salón, ya que Haley ya había visto aquella parte de la casa, y atravesaron el vestíbulo para entrar en una pequeña biblioteca repleta de libros.

–Lo siento, chica –le dijo Nick mientras curioseaba los títulos–. Creo que no tiene ninguno de Bugs Bunny ni del Correcaminos –sacó un tomo de uno de los estantes–. Miedo a volar –leyó el título–. No, no creo que aún estés preparada para leer éste. Sigamos con nuestra exploración –añadió mientras volvía a colocar el libro en su sitio.

Entraron en una sala cuyo centro ocupaba un gran piano, y Nick recordó que Claire siempre había querido aprender a tocarlo. Evidentemente, debía de haber conseguido satisfacer su sueño, o al menos estaba en curso de hacerlo. Atravesando luego el comedor, de las dimensiones del apartamento de Nick, llegaron a un amplio despacho donde Claire parecía haber montado una pequeña oficina. No pudo evitar observar que el salvapantallas del ordenador tenía un curioso mensaje: Llama a tu madre... llama a tu madre... llama a tu madre, y que los estantes estaban llenos de textos de medicinas y modelos de partes del cuerpo humano que Nick prefirió no investigar con demasiado detenimiento. Después de taparle los ojos al bebé, ya que a pesar de ser niña, era demasiado joven para ver aquello, dieron por terminado en aquel momento su recorrido por el primer piso.

En el piso superior, Nick pasó por delante del dormitorio de Claire, advirtiendo que ya no sonaba el agua de la ducha, sino que se oía el sonido del secador, y le enseñó a Haley la habitación de los invitados donde había pasado la noche. Luego descubrió dos dormitorios más, ambos tan suntuosamente decorados como el resto de la casa, ninguno de los cuales parecía haber sido ocupado recientemente.

Nick se dijo que sólo fue una ociosa e inocente curiosidad lo que le impulsó a investigar los armarios, y no porque necesitara saber si alguno de ellos contenía algo como... oh, como ropa masculina, por poner un ejemplo. Pero uno de los armarios estaba repleto de ropa de verano de Claire, y otro con cajas de artículos personales. No se veía ropa de hombre por ninguna parte.

Aunque ésa no había sido la razón de su búsqueda, por supuesto...

Nuevamente le pareció extraño que Claire hubiera escogido vivir sola en una casa tan grande y tan exquisitamente decorada. Claro que se merecía disfrutar de los beneficios de su prolongada educación y de sus propios esfuerzos, y que tenía derecho a rodearse de cosas hermosas, si podía permitírselo... Pero aun así, seguía sorprendiéndole el tamaño de aquella casa. Una mujer soltera y decidida a no tener hijos habría adquirido una casa más pequeña, más fácil de mantener y menos intimidante por la noche. Poniéndose en su lugar, Nick se habría sentido intimidado viviendo solo en una casa como aquélla, pero Claire evidentemente disfrutaba teniendo a su disposición todo ese espacio para ella sola...

Por supuesto Nick no podía entenderlo, algo que no podía menos que provocar su irritación. De alguna manera no podía librarse de la sensación de que Claire había tenido un motivo para hacer la elección que había hecho, una razón dotada de un perfecto sentido que él no conseguía descifrar...

–¿Se te ha perdido algo por aquí, Nick?

Estaba tan absorto en sus reflexiones, tan abismado en el enigma que suponía la vida de Claire, que no la había oído llegar.

–Claire –dio media vuelta y en ese mismo momento se dio cuenta, consternado, de que se había dejado la puerta del armario abierta, una circunstancia absolutamente incriminatoria a los ojos de cualquier persona. A los de Claire, por ejemplo.

–¿Qué estás haciendo aquí? –le preguntó ella.

Nick advirtió con algún alivio que su tono de voz no reflejaba más que simple curiosidad. Aunque su postura tenía algo de agresivo, ya que mantenía los puños cerrados a los costados y lo miraba de forma amenazadora, con el ceño fruncido.

Pero no era eso en lo que más se fijó Nick.

En lo que más se fijó Nick fue en que Claire estaba increíblemente hermosa, vestida como iba con una holgada camisa color azul pálido, de un tejido aterciopelado, y de unas mallas del mismo material. Calzaba solamente unos gruesos calcetines, y se había recogido la melena en una alta cola de caballo. Por un instante Nick creyó estar delante de la adolescente que había conocido en el instituto. Y en aquel mismo y breve instante, no quiso más que estrecharla entre sus brazos y mantenerla así para siempre.

–Yo, esto… –empezó a decir, incómodo–. Quiero decir… Haley y yo… sólo estábamos… ya sabes…

–¿Curioseando entre mis pertenencias? –inquirió Claire.

Pero una pequeña sonrisa bailaba en sus labios, indicando a Nick que no estaba tan enfadada. Al menos eso esperaba él.

–No –se apresuró a asegurarle, y se volvió hacia el bebé–. Nunca seríamos capaces de hacer eso, ¿verdad, Haley?

–Nooooo –exclamó la niña, lo cual despertó las sospechas de Nick:

–¿Qué has dicho?

En respuesta, Haley sencillamente se lo quedó mirando, sin precisar más su opinión sobre el asunto.

–¿Sabes? Se supone que todavía no puedes hablar –le dijo a la cría–. Eso no ocurrirá hasta dentro de algunos meses.

Como si aquello fuera nuevo para ella, Haley abrió mucho los ojos y se metió tres deditos en la boca, para evitar añadir algo más a lo que se suponía no debía haber dicho.

–Lo digo en serio, chica –le advirtió Nick–. No me seas tan precoz.

–¿Sabes, Nick? Creo que a veces eres capaz de superarte a ti mismo –le dijo entonces Claire.

–¿A qué te refieres exactamente? Por un ejemplo.

En lugar de responderle, Claire le preguntó a su vez:

–¿Qué resultados tuvieron tus gestiones por teléfono mientras yo estaba en la ducha?

Nick gruñó, dándose mentalmente un manotazo en medio de la frente. Se había olvidado completamente de lo que le había prometido que haría.

–Lo siento, Claire. No he hecho ninguna llamada. Haley y yo simplemente estábamos charlando, entretenidos, y entonces de repente....

–Y de repente te pusiste a cotillear mis pertenencias –Claire terminó por él.

–¡No! –se apresuró a negar–. No era eso lo que estaba haciendo –al ver que ella lo miraba con expresión escéptica, añadió–: Vale, tal vez estuvimos revisando algunos... ya sabes...

–¿Armarios?

–Sí, bueno, unos armarios. Pero fue por simple curiosidad, nada más.

–Mmmm.

–¿Qué se supone qué quiere decir eso? –la miró entrecerrando los ojos.

83

–Nada –Claire se encogió de hombros–. Sólo «mmmm». Eso es todo.

–Pues a mí me parece que quiere decir más cosas.

La postura de Claire pasó a ser más amenazadora. Se inclinó hacia adelante, apoyando los puños en las caderas, y empezó a golpear rítmicamente el suelo con un pie.

–No te atrevas a atacarme, Nick. Eres tú quien ha estado cotilleando en mis cosas.

–No he estado cotilleando nada. Claire, estás siendo...

En ese instante Haley empezó a mostrar signos de inquietud, en respuesta a la tensión que había impregnado el ambiente.

–Oh, mira lo que has hecho –pronunció Nick, intentando tranquilizarla. Pero sus intentos no hicieron más que ponerla aún más nerviosa, y empezó a llorar desconsolada.

–¿Qué es lo que he hecho yo? –protestó Claire–. ¡Pero si no he hecho nada! ¡Eres tú quien está gritando!

–¡Yo no estoy gritando!

–¡Claro que sí!

–¡Claro que no!

Haley cerró entonces los ojos con fuerza para elevar el volumen de sus sollozos. Y siguió llorando, a pesar de todos los esfuerzos de Nick que, en un último y desesperado intento, acarició por última vez a la criatura e hizo ademán de entregársela a Claire.

Al principio Claire no sabía lo que quería hacer. De pronto, abrió mucho los ojos al darse cuenta de que Nick quería que ella, ella, lo sustituyera en el cuidado del bebé.

–Ah, no –le dijo, retrocediendo un paso–. Yo no

puedo hacer que se calle. Ese es tu trabajo, detective «papá».

–Ya, bueno, pero como obviamente yo estoy fracasando en mi cometido, doctora «mamá», quizá tú lo hagas mejor.

–No cuentes con ello.

–Vamos, Claire. Toma a la niña y tranquilízala, mientras yo hago esas llamadas de teléfono.

Consciente de que aquello era un vulgar chantaje, Claire no pudo menos que recibir a Haley de manos de Nick. Sin embargo, tan pronto como lo hizo, el llanto de Haley empezó a aplacarse. No mucho, pero algo sí.

Claire se dijo que indudablemente eso se debía a lo novedoso de la experiencia, y no porque ella estuviera en condiciones de calmar a un bebé lloriqueante. A pesar de eso, la estrechó entre sus brazos y empezó a mecerla dulcemente, con lo que el bebé se fue tranquilizando cada vez más.

–Bien –murmuró Claire, más para sí misma que para Haley–. Podemos hacerlo. Sí, podemos.

Nick desapareció tan pronto como se aseguró de que la dejaba en buenas manos. «Guau», exclamó en silencio Claire mientras contemplaba aquellos enormes ojos de mirada inocente. Resultaba asombroso cómo aquellas pequeñas criaturas se apoderaban de la vida de una persona en cuanto entraban en ella, aunque no fueran hijos suyos. De pronto el universo entero parecía girar en torno a aquella pequeñaja. Desde que descubrió a Haley en la puerta de su casa, Claire no había sido capaz de hacer una sola cosa, tomar una sola decisión o pronunciar una sola palabra que no tuviera que ver con aquel bebé. A pesar de lo que dijera o hiciera, había tenido que pensar primero en Haley. Nick y ella todavía no habían mantenido una sola conversación que no incluyera alguna referencia al bebé, por mínima que fuera.

¿Sería así la experiencia de la maternidad? ¿Los niños monopolizarían de esa forma el tiempo de sus padres? ¿Sus pensamientos, sus vidas enteras? Se dio cuenta, sorprendida, de que tanto Nick como ella raramente se habían dirigido a la niña por su nombre. Siempre la habían llamado «el bebé», como si pronunciar su nombre hubiera equivalido a cometer un acto de profanación que pudiera desencadenar la cólera de los dioses.

Claire abrió la boca para probar aquella teoría, para pronunciar en voz alta el nombre de Haley. Primeramente vaciló, levantando la mirada al cielo como si un rayo pudiera fulminarla en cualquier momento, hasta que se decidió a susurrar el nombre de la niña, muy rápido:

–Haley.

La única respuesta del bebé fue emitir un pequeño sonido de contento, y empezar a jugar con uno de los botones de la camisa de Claire, contemplando deleitada su brillo. Claire esperó durante un momento más, pero no cayó ningún rayo del cielo, no resonó ningún trueno y los dioses no manifestaron su disgusto. Satisfecha de verla tan relajada, Claire la estrechó emocionada entre sus brazos, y tuvo que reconocer para sus adentros que, después de todo, los niños no eran tan malos. Eso sí, tan pronto como pertenecieran y fueran responsabilidad de otra persona.

Afortunadamente, había podido contar con la ayuda de Nick. No sabía cómo se las habría podido arreglar sin él. Pero ese pensamiento, también, fue evaporándose mientras miraba a Haley. Realmente era una preciosidad. Nunca antes había estado tan cerca de un bebé, y tenía que confesar que se había encariñado con él, fuera radiactivo o no. Había algo especial en la manera que Haley tenía de mirarla, con aquella intensidad, como si quisiera memorizar cada uno de sus rasgos intentando comprender qué clase de persona era en realidad, y qué papel estaba jugando en su vida.

Entonces a Claire se le ocurrió que, a la vez que Haley había invadido su mundo para convertirse en su punto focal, ella misma también había invadido el mundo de Haley para erigirse en su centro de atención. Y tenía que admitir que había algo especialmente emocionante en convertirse en el centro de atención de aquel bebé. Había algo maravillosamente tierno en el hecho de saberse tan importante en la vida de otro ser humano. Sí, hacerse cargo de un niño suponía una fuerte responsabilidad, pero ahora se daba cuenta de que aquella responsabilidad no quedaba exenta de recompensa. Claire estaba recibiendo a su vez un afecto y una aceptación incondicionales. Y aquello ya era suficiente recompensa.

–¿Qué vamos a hacer contigo? –le preguntó a Haley.

Haley levantó la mirada hacia ella y, cuando le sonrió, Claire tuvo la sensación de que un nudo que durante años había sentido apretarse en su pecho empezaba lentamente a aflojarse. Algo que durante años había estado helado, comenzaba a calentarse.

–¿Sabías que eres preciosa?

Haley se echó a reír. Aunque anteriormente había intentado disculpar el comportamiento de la madre, Claire no pudo ya imaginarse qué podía haberla impulsado a entregar una niña tan maravillosa a una completa desconocida.

Pero... ¿y si Claire no hubiera sido una completa desconocida para la madre de Haley?

No sabía qué le había hecho pensar eso, pero de alguna manera ya no pudo quitarse aquella idea de la cabeza. Quizá tuviera algún tipo de relación o de conexión con la madre de Haley. Ella, después de todo, era tocoginecóloga: ¿podría haber sido una de sus pacientes? Había cientos de mujeres que visitaban la clínica a todas horas y, además, cinco doctoras trabajaban allí. Quizá Claire hubiera llegado a conocer a la madre de Haley, fuera o no una de sus pacientes habituales. En vano se estrujó el cerebro intentando recordar entre ellas a alguna mujer joven de cabello largo y rubio. Sin embargo, un vistazo a los archivos podría refrescarle la memoria. Nick había dicho que Haley debía de tener unos seis meses de edad, y esa era una pista fundamental; desgraciadamente, aquel fin de semana no había nadie de guardia en la oficina, pero al día siguiente merecería la pena intentarlo.

Se volvió para ir a buscar a Nick, con la intención de saber lo que pensaba acerca de sus dotes detectivescas, y se apoyó a Haley sobre un hombro mientras salía de la habitación. La pequeña inmediatamente enterró sus deditos en su cola de caballo, llevándose un mechón a la boca.

–Oh, no, no –dijo Claire entre risas, liberando su melena–. Acabo de lavarme el pelo, pequeñaja. Y hoy no voy a tomar otra ducha.

Sostuvo a Haley de otra forma, para que no pudiera jugar con su pelo y se contentara con hacerlo con los botones de su blusa. Claire pensó maravillada en lo distinto que podía ser el mundo visto a través de los ojos de un bebé. Cosas a las que hasta ese momento jamás había prestado atención, se convertían en intrigantes y fascinantes objetos de investigación para una criatura como aquélla.

Encontró a Nick en el despacho del piso inferior, hablando por teléfono. Estaba tranquilamente sentado en su sillón, con los pies apoyados en su escritorio. No pudo menos de sacudir la cabeza con gesto de asombro al ver la rapidez con que se había puesto cómodo en su casa. Inmediatamente, de manera implacable, se recordó que las cosas no habían cambiado entre ellos, y se recriminó por haberlo olvidado. Incluso aunque, por un extraño milagro, retomaran su relación, Nick seguiría queriendo fundar una familia con ella. Y querría que Claire se quedara en casa cuidando de esa familia. Lo que quería decir que esperaría que renunciara a su trabajo, que sacrificara todos aquellos años de estudio y esfuerzo, que sacrificara la vida que se había construido durante los últimos años. Una de las cosas que más le disgustaban de los planes de Nick para su futuro en común era la pérdida de su trabajo. No se trataba de una actitud egoísta: simplemente sabía que nunca podría ser completamente feliz sin él. No entendía por qué tenía que sacrificar su carrera de médico con tal de convertirse en madre.

Pero ahora que pensaba más sobre ello, tampoco entendía por qué debía sacrificar su maternidad para conservar su trabajo. Había muchas mujeres que combinaban satisfactoriamente las dos actividades. Y además, ¿por qué se esperaba que una madre se encargara en exclusiva del cuidado de sus hijos? ¿Cuál era el papel del padre en esa labor?

De todas formas, si ni siquiera deseaba ser madre, ¿qué sentido tenía hacerse todas aquellas preguntas? Sus reflexiones quedaron interrumpidas cuando vio que, tras colgar el teléfono, Nick se frotó los ojos, suspirando. Luego se pasó las manos por las ásperas mejillas, y Claire pensó que, aunque se había duchado y cambiado, no se había afeitado la sombra de barba. Exhausto como estaba, tenía un aspecto tan sexy... No por primera vez desde que lo dejó entrar en su casa, la abrumaron los recuerdos de la intimidad que antaño habían compartido. Y a punto estuvo de dejarse vencer por la fuerte atracción física que aún sentía por él. De no haber sido por el bebé que sostenía en sus brazos en aquel momento, muy bien habría podido hacer algo de lo que indudablemente se habría arrepentido después... como por ejemplo fundirse en sus brazos, tumbarlo en el suelo para hacer el amor con él...

No había estado con muchos hombres desde que rompió con Nick, y con ninguno de ellos había vuelto a experimentar aquel fuego, aquella pasión, aquella necesidad que habían estado presentes en su relación. Y tampoco había vivido aquella misma emoción, aquel amor... Por ese motivo, las relaciones que había mantenido con otros hombres habían sido, además de escasas, breves. Y por ese motivo, había pasado mucho tiempo desde la última vez que mantuvo relaciones íntimas con alguien. Podía contar los meses, los años.

¿Tanto tiempo?, se preguntó. Quizá eso explicara por qué la presencia de Nick en su casa había despertado su deseo con tanta intensidad y rapidez. Por supuesto, eso también habría podido suceder porque nunca había dejado de desearlo... o de amarlo. «Oh, ¿por qué ha tenido que ser él quien respondiera a mi llamada de auxilio?», se preguntó por enésima vez. Vaya una suerte que...

–No ha habido suerte –le dijo en ese momento Nick, dejando caer las manos en el regazo–. He llamado a toda la gente que no conseguí localizar anoche, y a unos cuantos más que se me han ocurrido. Pero o no querían contestar el teléfono, o tenían otras cosas más importantes que hacer que hacerse cargo de un bebé abandonado.

–¿Qué diablos puede ser más importante que un bebé abandonado? –le preguntó, abrazando a Haley con gesto protector.

–Yo tampoco lo sé, Claire. Asesinatos, drogas... todo parece tener preferencia antes que esto.

–Es indignante.

Se dijo a sí misma que estaba adoptando ese papel de protectora de Haley sólo porque nadie más lo hacía, y no porque hubiera desarrollado algún tipo de sentimiento especial por aquella criatura. No, no estaba desarrollando ningún sentimiento personal por Haley. Bueno, ninguno excepto su convencimiento de que era una niña preciosa. Y dulce, dulce de verdad. Y adorable. Y maravillosa, absolutamente maravillosa. Pero, aparte de eso, nada más...

–Tiene que haber alguien que sepa qué es lo que debemos hacer –añadió.

–Generalmente Servicios Sociales se ocupa de estos asuntos –explicó Nick–. Pero es difícil encontrar a alguien los fines de semana. Añade este tiempo de mil demonios a la mezcla, y tendrás que aceptar el hecho de que las cosas no están funcionando como habitualmente suelen hacerlo. Mañana deberíamos tener más suerte. Para entonces todo habrá recuperado su rutina normal, y esta nieve se habrá derretido en parte.

Claire suspiró profundamente, y desvió la mirada hacia la ventana.

–Al menos ha dejado de nevar.

–Y, según el informe meteorológico, esta tarde subirá algo la temperatura –observó Nick–. Mientras tanto, creo que tenemos pañales y comida suficiente para el bebé.

Claire miró entonces a Haley, y le pareció descubrir que tenía sueño.

–¿Crees que es demasiado temprano para que duerma una siesta? Parece algo cansada.

Nick se encogió de hombros, pensando que él sí que podría dormir perfectamente una siesta en aquel momento.

–Es difícil de saber sin conocer su rutina habitual.

«Rutina»; a Claire le entraron ganas de reír al escuchar aquella palabra. Tenía la sensación de que había pasado una eternidad desde que ella misma vio rota la rutina habitual de su vida... Aunque, por supuesto, esa rutina había sido algo... bueno, había sido rutina, al fin y al cabo. En otras palabras, aburrimiento. Pero al menos había sido algo familiar, previsible, reconfortante...

Y también algo terriblemente aburrido: eso tenía que reconocerlo. Pero había sido su aburrida rutina. Le había costado mucho adquirirla. Y su ruptura se había visto acompañada de una inquietud sobre cuyo origen no quería profundizar demasiado... sobre todo porque estaba segura de que Nick formaba parte esencial de ella.

Haley bostezó en ese momento, y Claire no pudo menos que reírse al mirarla. Era tan bonita, tan tierna... ¿cómo era posible que no se hubiera dado cuenta antes de esas cualidades de los bebés?

–Creo que necesita una siesta –pronunció con tono suave.

–Bien –le dijo Nick–. ¿Por qué no la subes arriba y la meces un rato hasta que se duerma?

Claire esperó que la atenazara la sensación de pánico que habitualmente habría seguido a la sugerencia de Nick pero, de manera extraña, ésta no se produjo.

–Vale –respondió, disponiéndose a salir del despacho–. Si estás seguro de que estarás bien aquí abajo...

–Estoy seguro.

Algo en su voz la hizo detenerse en seco y volverse hacia él. Nick parecía estar tramando algo, pero Claire no podía imaginar qué era. De todas formas, no podía tratarse de nada bueno.

Desechando por el momento ese pensamiento, Claire se volvió de nuevo y regresó a su habitación.

Capítulo Siete

Nick prefería baladas de Bruce Springsteen para dormir a la niña, pero Claire era mucho más tradicional al respecto. Y el efecto fue el mismo, porque Haley se quedó dormida al momento. Así que eso serviría para demostrarle a Nick que realmente sabía algo de bebés. Todavía estaba a tiempo de enseñarle un par de cosas.

Mientras contemplaba a Haley durmiendo plácidamente en su regazo, la propia Claire no pudo menos que sorprenderse de aquella ocurrencia: ella enseñándole a Nick algo sobre bebés. Si doce años atrás alguien le hubiese dicho que algún día conseguiría mecer a un bebé hasta dormirlo, se habría echado a reír a carcajadas. Ciertamente nunca había tenido la oportunidad de aprender, pero ahora que había sido obligada a ello, tenía que admitir que, quizás, tal vez, era posible que... se hubiera equivocado acerca de los bebés.

Igual de difícil le resultaba admitir que quizá también se hubiera equivocado con Nick Campisano. Quizá ella se hubiera obcecado tanto en aquel entonces como él. Claire había priorizado su carrera, y en eso se había mostrado inflexible. Pero lo había hecho porque sinceramente no había pensado que pudiera hacer otra cosa. No había pensado que pudiera ser feliz siendo esposa y madre. No había pensado que pudiera ser feliz con cualquiera que no fuera Nick. Y había estado segura de que Nick no la querría a no ser que se convirtiera en su esposa y en la madre de sus hijos.

Y había estado en lo cierto.

Pero ahora que ya había conseguido labrarse una carrera, estaba empezando a cuestionarse la seguridad y certidumbre con que, tantos años atrás, había contemplado su futuro. Ciertamente no tenía ninguna intención de renunciar ni a su trabajo ni a sí misma por tener hijos. Ni siquiera por Nick. Simplemente no podía hacer unos sacrificios tan enormes y seguir siendo un ser humano feliz y realizado.

Pero también se daba cuenta de que, tal como estaba, con su carrera y todo, tampoco era un ser humano feliz y realizado. Exactamente, ¿qué era lo que tenía? Tenía que confesar que no mucho, poco aparte de algunas posesiones materiales que le proporcionaban una dudosa satisfacción. No era del todo feliz, ni se sentía completamente satisfecha. Las cosas entre Nick y ella no estaban más resueltas de lo que lo habían estado doce años atrás. Y, como entonces, tampoco eran muchas las esperanzas de resolución. Ambos seguían igual de testarudos, de vacilantes, de inflexibles.

Ambos eran igual de desgraciados, de insatisfechos. Y evidentemente ambos estaban destinados a seguir como hasta ahora, a no ser que encontraran alguna forma de compromiso. Pero lo que cada uno de ellos quería impedía ese compromiso. El trabajo de Claire le exigía demasiado. Y Nick le exigía a ella tener hijos.

Oh, ¿por qué todo tenía siempre que volver a lo mismo?, se preguntó. ¿Por qué tenía que ser tan difícil, cuando debería ser tan sencillo? Nunca habían dejado de amarse. Seguían deseándose. Probablemente podrían hacerse felices el uno al otro.

Llegar a un compromiso no debería ser tan complicado. Pero Claire no tenía esperanzas de que pudiera funcionar, porque las necesidades de Nick y de ella eran sencillamente irreconciliables.

Haley parecía dormir con tanta placidez, emanaba tanta paz, que durante un buen rato Claire siguió meciéndola suavemente, observándola maravillada. Había cerrado los deditos sobre su pulgar, mientras su otra manita descansaba sobre su regazo, de manera que podía sentir el levísimo latido de su pulso.

Era como un pequeño milagro: un ser humano que crecería, se desarrollaría, aprendería y viviría. Y Claire se dio cuenta entonces, con no poca consternación, de que no quería separarse de Haley.

—Oh, vaya —susurró, suspirando.

Se preguntó cuándo habría ocurrido aquello. Y qué iba a hacer al respecto...

Desechando por el momento aquellas preguntas, se levantó cuidadosamente y depositó con suma delicadeza a Haley en su cesta, al lado de la cama. Luego se volvió lentamente para marcharse y, por alguna razón, no se sorprendió demasiado al descubrir a Nick observándola desde el umbral. Apoyado en la jamba de la puerta, con las manos en los bolsillos de sus vaqueros, parecía llevar allí algún tiempo. Y a juzgar por la expresión de su rostro, sus pensamientos no habían estado demasiado alejados del rumbo que habían seguido los de Claire. Resultaba evidente que sabía lo que había estado pensando mientras mecía a Haley. Sabía lo que había estado esperando, lo que había estado ansiando que sucediera.

Esperó a que le murmurara el consabido «ya te lo había dicho yo». Pero Nick no pronunció una sola palabra cuando ella pasó a su lado para salir al pasillo; simplemente se apartó para dejarla pasar, y la siguió afuera. Claire cerró sigilosamente la puerta y luego, sin pensar ni preguntarse por lo que estaba haciendo, apoyó la frente en el pecho de Nick y le rodeó la cintura con los brazos.

Nick pareció dudar por un instante, como si aquella acción le hubiera tomado completamente desprevenido. Después, de inmediato, la abrazó con ternura, firme y posesivamente. Inmóvil, Claire podía escuchar el acelerado latido de su corazón. Se sentía envuelta, arropada por su calor y por su fuerza, como tan a menudo se había sentido años atrás, y en aquel preciso instante se olvidó de todo lo que había ocurrido entre ellos durante aquel lapso de tiempo que los había separado.

En aquel preciso instante se dedicó a evocar los recuerdos que albergaba de Nick, sus sueños, el amor y la necesidad que sentía por él. Y cuando Nick deslizó un dedo bajo su barbilla para levantarle la cabeza y poder así mirarla a los ojos, Claire ni siquiera intentó disimular sus sentimientos. Permanecieron mirándose en silencio el uno al otro, anhelándose, necesitándose mutuamente. Luego, con una insoportable lentitud, Nick la besó en los labios.

Sabía exactamente como lo recordaba. Nick era todo lo que había anhelado encontrar en un compañero. Era, como siempre lo había sido, su complemento perfecto física, emocional, espiritualmente. Su cuerpo se adaptaba al suyo como si en otro tiempo hubieran formado uno solo. Mientras él profundizaba el beso, Claire se sintió como si finalmente hubiera regresado a casa después de haber emprendido un largo, desagradable y agotador viaje.

Se fundió con su cuerpo, en su beso, deslizando las manos por sus hombros, poniéndose de puntillas para ofrecerle un mejor acceso a su boca. Pero Nick no necesitaba estímulos, mientras la estrechaba entre sus brazos. Y Claire se esforzó por ignorar las campanas de advertencia que resonaban débilmente en su cerebro, hasta que toda sensación de alarma terminó por desaparecer para ser sustituida por una riqueza de impresiones que no había experimentado en mucho tiempo. Doce años, para ser exactos. La última vez que había abrazado a Nick Campisano.

Se dio cuenta de que nada había cambiado entre ellos. Nada. Nick seguía siendo igual de grande, de fuerte, de sólido que antes. Su cuerpo seguía siendo igual de cálido y de duro bajo sus dedos. Y seguía sabiendo tan maravillosamente bien... Era como si Claire hubiera vuelto a tener veintidós años. Se apretó ansiosa contra él, enterrando los dedos en su espeso y sedoso cabello. Y Nick deslizó las manos por su espalda, intensificando su beso, explorando el dulce interior de su boca con la lengua, arrinconándola contra la pared.

Claire se encontró atrapada entre la pared y el ardiente e implacable cuerpo de Nick. Con una mano todavía enterrada en su cabello, deslizó la otra por la fina sudadera que cubría su pecho, palpando la dureza de sus músculos, el errático latido de su corazón. Entonces Nick arqueó el cuerpo hacia ella, presionando su pelvis contra la suya, y Claire pudo sentir la fuerza de su deseo.

Pero evidentemente incluso aquel gesto de intimidad no fue suficiente para Nick, porque empezó a acariciarle un costado hasta que su mano encontró el principio de la deliciosa curva de un seno. Al oír su repentino jadeo vaciló por un momento, y se dispuso a retirarse. Pero Claire le cubrió entonces la mano con la suya y la dejó en el mismo lugar donde la había posado. Nick la miró y vio que estaba ruborizada de deseo, oscurecida la mirada de necesidad. No dejó de mirarla a los ojos mientras cerraba la mano sobre su seno, arrancándole un gemido de satisfacción.

Claire empezó a retirar la mano, para darle plena libertad de movimientos, pero de pronto él murmuró:

–No. Hazlo conmigo, Claire.

Dudó por un momento, sorprendida por su sugerencia, hasta que finalmente volvió a apoyar la palma de su mano sobre el dorso de la suya, que trazó un sendero de erótica exploración por su cuerpo que la dejó mareada de excitación. Antes de que ella se diera cuenta de lo que estaba haciendo, Nick le desabrochó el botón superior de la blusa, y luego otro, y otro, abriéndoselo para descubrir el sostén de encaje que llevaba debajo. Y tras abrir el cierre delantero, acabó por desnudar sus senos.

Cuando Nick empezó a acariciarla, Claire estuvo segura de no haber experimentado nada tan excitante en toda su vida. Como ella, respiraba aceleradamente, y la temperatura de su cuerpo se había elevado hasta un nivel insoportable. Claire echó la cabeza hacia atrás hasta apoyarla en la pared, una acción que dejó su cuello expuesto a aquella apasionada invasión.

Nick deslizó sus labios húmedos a lo largo de la línea de su cuello, terminando por acariciar con la punta de la lengua el pulso que latía en su base. A partir de allí, fue bajando hasta sus senos hasta llegar a un endurecido pezón, que empezó a lamer y chupar con avidez.

Claire gimió de nuevo, enterrando los dedos en su pelo. Después de desabrocharle el último de los botones, Nick le abrió completamente la blusa y la despojó del sostén. Fue entonces cuando le acarició los senos con las dos manos, saboreándolos alternativamente una y otra vez, encendiendo en su interior un fuego que amenazaba con consumirlos a los dos.

–Oh –murmuraba Claire–. Oh, Nick.

Tuvo que reconocer que en algo sí había cambiado Nick: su técnica era todavía más insistente y meticulosa que la que antaño había utilizado. Obviamente, durante aquellos doce años había madurado en muchos aspectos. Cuando eran adolescentes, sus encuentros amorosos habían sido intensos y apasionados, pero también breves y algo convencionales. Pero ahora estaba empezando a darse cuenta de que, con los años, Nick había tenido la oportunidad de aprender algunas nuevas habilidades.

Intentó no detenerse demasiado en la deducción de que había debido de aprenderlas de otras mujeres. «No es momento para pensar», se dijo. Lo único que importaba era el aquí y el ahora.

–Ahora –pronunció en voz alta, incapaz de soportar aquella tortura por más tiempo.

Pero Nick no parecía escucharla, tan concentrado como estaba en otras cosas. Había capturado un pezón entre el pulgar y el índice y lo estaba acariciando de manera exquisita, al tiempo que lamía el otro con sedienta e insistente avidez. Por instinto Claire agarró con las dos manos el borde de su sudadera y empezó a levantársela, pero él mismo la detuvo para sacársela rápidamente por la cabeza.

–Me toca a mí –le dijo mientras le agarraba la cinturilla de las mallas. Después de bajárselas, con sus vaqueros todavía desabrochados, se colocó entre sus piernas para hacerle lo mismo que antes ella le había hecho a él.

Aquello fue para Claire una exquisita tortura. El calor de su aliento y la humedad de sus labios bailaban sobre la zona más erógena de su cuerpo, proporcionándole una sensación que nada tenía que ver con cualquier cosa que hubiera experimentado antes. Una y otra vez Nick la acarició, lamió, penetró, hasta que Claire creyó que ya no podría soportarlo más. Luego, justo cuando estuvo segura de que iba a arder en llamas, lo sintió moverse de nuevo, pero en esa ocasión como si se apartara de ella. Cuando abrió los ojos, lo vio al lado de la cama, desnudándose por entero.

–Date la vuelta –le dijo él, con una sonrisa maliciosa.

–¿Por qué? –inquirió sin aliento.

–Quiero probar algo... diferente.

Claire enarcó las cejas, sorprendida.

–¿Entonces cómo llamas a lo que acabamos de hacer?

–Es un día de descubrimientos. Date la vuelta.

Todavía insegura acerca de lo que pretendía, Claire se tumbó de lado, dándole la espalda.

–Eres tan hermosa, Claire –murmuró con tono reverente–. Tu cuerpo ha cambiado con los años.

–Ya. Dímelo a mí –bromeó ella–. He ganado más de cinco kilos desde que estaba en el instituto.

–Pues te han sentado muy bien –deslizó una mano por su muslo hasta llegar a su trasero.

Claire se sentía tan vulnerable en aquella posición, pero al mismo tiempo tan confiada en su amor por ella, que los dos sentimientos parecían anudarse y mezclarse en uno solo. Nick bajó aún más la mano, y al llegar a su sexo le levantó una pierna para apoyarla sobre su muslo. Deslizó un brazo por su cintura, cerrando la mano sobre un seno, y por último bajó la cabeza hasta su cuello para besarla con exquisita ternura.

–Supongo que habrás tomado algún anticonceptivo –le dijo él.

Claire creyó detectar cierto amargo sarcasmo en su voz, pero se equivocaba. Era simplemente una suposición.

–Sí, llevo tomando la píldora algún tiempo –esperó a que le preguntara si se debía a que estaba relacionada con otro hombre, y como no lo hizo, ella misma le ofreció una explicación–. Pero no es por lo que te imaginas. Hace mucho tiempo que no mantengo relaciones sexuales. Lo hago porque me alivia de los problemas que tengo con la regla.

–Gracias por decírmelo. Al igual que tú, llevo mucho tiempo sin mantener relaciones sexuales.

Sólo cuando lo supo, tomó conciencia Claire de lo mucho que le había molestado la posibilidad de que estuviera relacionado con alguna otra mujer. Se regocijó ante el pensamiento de que ambos estuvieran libres y sin compromiso, pero después tuvo que decirse que eso no importaba, porque su relación no lograría trascender a aquel fin de semana. A no ser que uno de los dos estuviera dispuesto a hacer un sacrificio que parecía muy poco probable.

–Así que no te quedarás embarazada –pronunció Nick.

–No debería –le corrigió, sabiendo que el método no era infalible cien por cien.

–¿Y eso te basta?

Claire asintió, ella misma sorprendida de que así fuera.

–Sí –respondió con tono suave.

La mano que Nick había posado sobre su muslo se deslizó nuevamente entre sus piernas, buscando el camino hasta su sexo con habilidad y delicadeza. Claire cerró los ojos para disfrutar mejor de aquella sensación, antes de verse abrumada por su intensidad. Por unos momentos Nick se limitó a acariciarle los húmedos pliegues, introduciendo un dedo y luego dos, y acariciándola con el pulgar. Luego, abrazándose a su espalda, la penetró profundamente y se hundió por completo en su interior.

–Oh –gritó–. Oh, Nick. Es tan.... oh...

Ninguno de los dos volvió a hablar después de aquello. Claire estiró un brazo hacia atrás para agarrarle una dura nalga, y abrió aun más las piernas para facilitarle su entrada. Fácilmente se adaptó a su ritmo, arqueándose hacia atrás al tiempo que Nick empujaba hacia delante, con la fricción de sus cuerpos magnificando el ardor de su deseo. Conforme crecía su excitación también lo hacían las ganas de gritar, pero se contenían para no despertar a Haley. Así, en silencio, Nick realizó un último embate, presionando ambas manos sobre su vientre para acercarla más hacia sí.

Durante un buen rato permanecieron abrazados sin moverse, hasta que Nick se apartó para que ella pudiera darse la vuelta y luego cubrió su cuerpo con el suyo. Apoyado sobre los codos para no aplastarla con su peso, le acunó la cara entre las manos y la besó profunda, resueltamente, como si quisiera marcarla para siempre con aquel beso. Luego se tumbó de espaldas, arrastrándola consigo y haciéndole apoyar la cabeza sobre su pecho.

Cuando Claire pudo recuperar la voz, Nick se apresuró a levantar un mano para ponerle un dedo sobre los labios, reclamándole silencio.

–Después –le dijo–. Hablaremos después. Ahora mismo...

No terminó lo que quería decirle, pero de alguna forma Claire lo comprendió con exactitud. «Después», se repitió. Ya hablarían después.

Capítulo Ocho

Yacieron abrazados en silencio durante algunos minutos más, sin que ninguno de ellos quisiera dar por terminado lo que sabían era simplemente provisional. Tanto tiempo había pasado desde la última vez que Nick había abrazado a Claire de aquella forma, desde que había podido sentirla como formando parte de su propio cuerpo... Y tantas veces había soñado con aquella cercanía, con aquella intimidad, que simplemente no tenía deseo alguno de soltarla y de dejarla ir. Nunca.

Haley seguía durmiendo; no se había despertado ni una sola vez durante aquel interludio amoroso, ni siquiera cuando sus intentos por no gritar habían terminado fracasando. Aun así, había habido algo particularmente excitante en sus esfuerzos por mantenerse callados, y en su rechazo a dar rienda suelta a sus deseos. Por supuesto, eso sólo había conseguido que Nick quisiera hacerle el amor a Claire otra vez, en aquel preciso momento, pero vacilaba por temor a turbar la suprema tranquilidad de aquellos instantes.

El contacto de su cálido cuerpo desnudo era algo que había temido no volver a experimentar jamás. Sus piernas se habían enredado fácilmente con las suyas, y su pelvis se adaptaba perfectamente a la suya mientras descansaba con la cabeza apoyada sobre su pecho. En muchos aspectos parecían formar un solo ser, un solo individuo. Aunque por otro lado sabía que, también en muchos aspectos, eso nunca sería posible. Cada uno de ellos aspiraba a un futuro demasiado distinto del que el otro contemplaba. Y ninguno de los dos se había mostrado dispuesto a ceder ni un milímetro. Siendo sincero, Nick estaba más que dispuesto a comprometerse a fondo con Claire. ¿Pero cómo podían poner en peligro algo como la carrera de Claire, a la cual ella había dedicado años de estudios, prácticas y experiencia? ¿Y cómo podían poner en peligro el propio deseo de Nick de fundar una familia?

Había pensado que haciendo el amor con Claire habrían podido reconstruir sus vidas, recuperar lo que antaño habían tenido, enderezar las cosas. Pero en lugar de simplificar la situación, aquel acto de amor sólo había conseguido complicarla aún más. En aquel instante el silencio entre ellos se había tornado tan insoportablemente tenso, que Nick comprendió que alguien tenía que decir algo para romperlo. Y tomó la iniciativa soltando lo primero que se le pasó por la cabeza.

–Te amo –declaró sin atreverse a mirarla–. Jamás en todo este tiempo he dejado de amarte. ¿Lo sabías?

Al principio Claire no dijo nada en respuesta. Permaneció inmóvil y silenciosa durante algunos segundos, sin levantar la mirada, hasta que pronunció con tono muy suave:

–Nick, no estoy segura de que esto sea algo que debamos...

–No me digas que esto es nuevo para ti –la interrumpió, no queriendo escuchar objeción alguna por su parte.

Claire suspiró profundamente, apoyó la palma de la mano sobre su pecho y murmuró:

–No. No es nuevo para mí.

Nick se animó un tanto, y luego se maldijo por sentirse tan optimista.

–¿Entonces por qué no deberíamos hablar de ello? –inquirió con tono suave.

Nuevamente dudó Claire antes de contestar:

–Porque... porque estar contigo otra vez ha sido tan rápido, tan inesperado, y la situación es tan extraña...No estoy segura de que podamos confiar en lo que estemos sintiendo ahora, y hay...

–Yo puedo confiar en mis sentimientos –la interrumpió él–. Yo sé exactamente lo que pienso, Claire.

Claire levantó la cabeza para mirarlo a los ojos.

–Pues yo no. En realidad no sé lo que estoy sintiendo en este instante.

Nick optó por ceder, al menos por el momento.

–No tienes que decirme nada. No tienes por qué decirme lo que sientes.

–¿No? –inquirió asombrada.

–No. Yo ya lo sé.

–¿De verdad? –le preguntó, dubitativa.

Nick asintió. Estaba absolutamente seguro de que Claire lo amaba. Nunca habría podido hacer el amor con él como lo había hecho si no lo hubiera amado como antaño, doce años atrás. El problema era, sin embargo, que en aquel entonces no lo había amado lo suficiente. Y seguía sin hacerlo.

No obstante, aquel convencimiento no logró descorazonarlo.

–No importa –mintió Nick, atrayéndola hacia sí–. Lo único que importa es este momento, el hecho de que estemos juntos. ¿Quién sabe de cuánto tiempo dispondremos? Aprovechémoslo mientras podamos.

Nick, por supuesto, se había referido a que hicieran el amor de nuevo, en aquel mismo momento, pero evidentemente Claire había interpretado de manera enteramente distinta su comentario.

—Nick, ¿te gusta ser policía? —le preguntó de pronto.

—Sí —respondió de manera automática, casi sin pensar—. Me gusta mucho ser policía. Nunca he querido ser otra cosa... ya lo sabes. ¿Por qué me lo preguntas?

—No lo sé —se encogió de hombros—. Simplemente se me había ocurrido. Ser detective de antinarcóticos debe de ser muy estresante. Y lo que sientes por los niños... no sé. Tengo la impresión de que puede resultar desilusionante ver a tantos niños con problemas, como seguramente te sucederá todos los días...

—Sí, desde luego —concedió—. A veces. Pero no creo que sea más estresante que lo que haces tú.

Claire levantó de nuevo la mirada hacia él, con expresión preocupada.

—Ya, pero yo nunca pongo mi vida en peligro —señaló—. Nunca me enfrento a gente armada que puede exhibir un comportamiento imprevisible, irracional y peligroso.

Nick forzó una sonrisa, esperando aplacar algunos de sus temores, incluso aunque algunas veces esos temores reflejaran los suyos propios.

—Hey, he estado cerca de mis hermanas y cuñadas cuando estuvieron embarazadas —bromeó—, si es a eso a lo que te refieres con lo del comportamiento imprevisible, irracional y peligroso...

—Hablo en serio, Nick. Lo que haces es muy peligroso. Y lo que a veces ves tiene que contradecir tus ideales. ¿Cómo puedes soportarlo?

En esa ocasión fue él quien se encogió de hombros, aunque sabía que Claire tenía razón. Su trabajo se contradecía con sus ideales: y tanto que algunas veces se preguntaba si todavía le quedaría alguno. ¿Qué esperanzas podía albergar cuando lo que veía cada día era el lado oscuro de la naturaleza humana? Cuando pensaba en el tipo de hombre que había sido antes de convertirse en detective, no podía menos que reírse, aunque durante todos aquellos años había sido testigo de muy pocas cosas divertidas. Sinceramente había creído que podía cambiar las vidas de los niños. Que podía hacerlas cambiar para mejor.

Qué risa. En siete años no había podido contemplar ni una sola mejora.

–No sé cómo lo soporto –respondió con tono suave–. Simplemente no pienso en ese aspecto de mi trabajo.

–¿Y en qué aspecto piensas entonces?

–Pienso en los niños que no están siendo utilizados. Pienso en lo importante que es librarlos de aquel ambiente, para que no resulten heridos o asesinados. Pienso en todas las cosas que podrían apartarlos de la droga: deportes, escuela, aficiones, lo que sea. Pienso en todos los programas que la policía ha desarrollado con los años para resolver esos problemas, empezando por apartarles de las drogas –se interrumpió, suspirando profundamente–. Y a veces pienso también en el miserable fracaso que hemos tenido en esos campos.

Era verdad, admitió para sí mismo. A pesar de sus esfuerzos por atacar el problema de las drogas, nunca se había conseguido nada. Por cada niño que ayudaban, tres más se perdían. Por cada nuevo programa preventivo que empezaban, dos antiguos programas se abandonaban por inefectivos. Empleaban a más detectives antinarcóticos que nunca, pero el problema de la droga empeoraba a cada momento.

–Entonces supongo que tendrás que trabajar y esforzarte cada vez más, ¿no?

Nick no podía menos que estar de acuerdo con ella. El problema era que le estaba resultando insoportablemente difícil levantarse de aquella cama y salir a trabajar aquella mañana. Le estaba resultando insoportablemente difícil seguir valorando y justificando lo que estaba haciendo.

–Ya –musitó–. Supongo que tendré que trabajar más.

Acercó a Claire hacia sí, no deseando nada más que perderse en ella aunque sólo fuera por unos minutos. Y Claire, percibiendo su necesidad, levantó la cabeza para besarlo, pero en aquel mismo instante oyeron a Haley quejarse en la habitación del otro lado del pasillo.

–Me parece que nos está llamando –pronunció Nick, sonriendo.

–Sí –rió ella–. Vaya un sentido de la oportunidad.

–El que tienen todos los bebés.

Después de besarlo por última vez, Claire se levantó de la cama. Nick no podía dejar de mirarla. ¿Cómo iba a retomar su rutina de vida anterior después de aquel fin de semana con Claire? ¿Cómo iba a soportar vivir cada día sin verla, sin tocarla, sin hacerle el amor? No había forma de que pudiera vivir sin ella. ¿Pero qué posibilidades tenía de hacerlo, cuando su situación seguía sin arreglarse?

En el momento en que los gritos de Haley se hicieron más insistentes, Claire se apresuró a vestirse. Todavía estaba abrochándose la blusa cuando salió de la habitación, y sólo entonces se dio cuenta Nick de que seguía en la cama, desnudo. Aquello le hizo pensar de inmediato que había sido ella, y no él, quien había respondido primero a las necesidades de Haley. Un descubrimiento muy interesante.

Claire se había levantado de la cama automáticamente para ir a atender a Haley, como reaccionando por instinto. Por muy inconcebible que resultara, ya había perdido el pánico a los bebés. Y si ya no le tenía miedo a Haley, entonces quizá, sólo quizá, también podía haber perdido el miedo a tener hijos ella misma...

«No tan rápido, Campisano», se recriminó. Había un gran diferencia entre encariñarse con los niños y desear tenerlos. Aun así, apenas hacía unas horas a Claire ni siquiera le habían gustado los niños. Y ahora se estaba haciendo cargo de las necesidades de uno. Aquella era una buena señal, y la aprovecharía sin lugar a dudas. «Paso a paso», volvió a recomendarle una débil voz interior. Poco a poco, día a día. Quizá el futuro a largo plazo fuera un tanto confuso, pero el corto plazo se presentaba luminoso. Sonriendo, Nick se apresuró a levantarse de la cama.

Conforme a las expectativas de los informes meteorológicos, estuvo sin nevar durante el resto del día. Salió el sol y quedó suspendido en lo alto del cielo como una brillante promesa, derritiendo gran parte de la nieve que cubría los tejados y las ventanas de las casas. El suelo, sin embargo, continuaba cubierto por un manto blanco, y las calles seguían siendo igual de intransitables. Hacia la noche, la nieve empezó a congelarse.

Claire y Nick pasaron la mayor parte del día en

un ambiente sorprendentemente tranquilo y relajado. De alguna manera, por una especie de mutuo consenso, fueron capaces de hacer provisionalmente a un lado lo que había sucedido entre ellos aquella mañana. Mientras Haley estuvo despierta, jugaron con ella y le dieron de comer, evocando de vez en cuando recuerdos del pasado que habían compartido. Durante la siesta del bebé, Nick volvió a llamar por teléfono para intentar localizar a alguien que pudiera hacerse cargo de Haley.

En aquel momento, al anochecer, Claire se hallaba sentada en su despacho con Haley en su regazo, dándole el biberón. Y observaba a Nick que, sujetando el auricular entre la mejilla y el hombro, parecía cada vez más nervioso mientras hablaba con quien estuviera al otro lado de la línea.

–Ya sé que no puede hacer nada para acelerar las cosas –estaba diciendo–. Y también sé la hora que es, y que estamos a domingo, pero es que este bebé ya lleva casi veinticuatro horas aquí.

Siguió una pausa, durante la cual Claire alcanzó a escuchar el murmullo de una voz femenina.

–Ya lo sé –la interrumpió al fin Nick, impaciente–, pero... Ya pero... lo que estoy intentando decirle es que....

Claire se dijo que, a riesgo de parecer alarmista, no parecía que Nick estuviera haciendo muchos progresos, por mucho que él se negara a reconocerlo. «Otra noche», se dijo. Con Haley y con Nick. Recordando lo que había sucedido aquella mañana, no tenía ni idea de lo que podría ocurrir aquella tarde. Durante las siguientes horas, al menos, Nick y ella deberían estar tan pendientes de Haley que dispondrían de muy escaso tiempo para analizar lo ocurrido hasta entonces. Sin embargo, una vez que se quedara dormida, tendrían una larga noche por delante en la que....

Bueno, decidió, probablemente lo mejor era no preocuparse de aquello por el momento. Sí, Nick y ella tendrían, más tarde o más temprano, que afrontar lo ocurrido. Y sí, tendrían que decidir lo que harían en el futuro. Y sí, tendrían que transitar por un camino indudablemente difícil e imprevisible. Pero todavía no había llegado la hora de emprender aquel particular viaje.

Un suave gemido llamó la atención de Claire sobre el bebé, mientras la discusión que mantenía Nick con aquella mujer parecía estar subiendo de tono por instantes. Al recordar la reacción de Haley cuando Nick y ella estuvieron discutiendo, pensó que sería mejor que la llevase a otra habitación hasta que terminara de hablar. Así que sosteniendo a la criatura con un brazo, fue a la cocina y dejó el biberón vacío en el lavavajillas, junto con los platos de la cena que había compartido poco antes con Nick.

Habitualmente Claire comía siempre fuera cuando salía del trabajo, y cuando cenaba en casa cocinaba siempre para ella misma. Al pensar en todo el tiempo que llevaba viviendo allí, no pudo recordar una sola ocasión en que hubiera compartido la mesa de la cocina con otra persona. Y, de alguna manera, el hecho de que Nick hubiera sido el primero en hacerlo le pareció algo completamente apropiado. Se sonrió, irónica. Ni siquiera solía usar el lavavajillas, porque ensuciaba muy pocos platos para molestarse en hacerlo. Y el horno apenas lo había utilizado.

Le resultaba extraño haber vivido en aquella casa tan grande durante todo ese tiempo y haberla disfrutado tan poco. Y cuanto más pensaba en ello, más extraño le parecía que hubiera comprado aquella casa en primer lugar, dado que siempre había tenido intención de vivir sola. Sólo en aquel momento se le ocurrió pensar en lo solitario y silencioso que había sido su hogar hasta ese momento, antes de la aparición de Haley y de la llegada de Nick. Pero ahora, en menos de veinticuatro horas, aquella casa había cambiado por completo: era más cálida, más acogedora, más hogareña...

Se dio cuenta de que ahora había vida en ella. Había cariño, pasión, amor, todo lo necesario para generar una existencia familiar. Y por esa razón ahora sentía aquella casa como... bueno, la sentía como un hogar.

Lo que significaba que una vez que Nick supiera lo que hacer con Haley, una vez que Servicios Sociales se hiciera cargo del bebé, el nuevo hogar de Claire volvería a ser simplemente una casa. Nada más que una casa.

—Parece que es así como va a ser.

La voz de Nick la sacó de sus reflexiones, y se obligó a sonreír cuando se volvió para mirarlo. Parecía cansado e irritado, pero en el momento en que levantó la mirada para verla allí con Haley, su expresión se iluminó.

—Gracias por encargarte de recoger la cocina —le dijo él.

—No hay problema —se encogió de hombros.

—Y gracias también por haber preparado la cena.

—No ha sido una molestia, de verdad.

—Supongo que tendremos que quedarnos todos aquí durante una noche más —suspiró—. ¿Te parece bien?

Incapaz de contenerse, Claire le preguntó a su vez:

–¿Y si no me lo pareciera?

Nick pareció preocupado por un momento, y luego la miró con cierta expresión de recelo:

–La nieve se ha derretido lo suficiente como para que esta noche pueda volver a mi casa. Si no quieres que me quede aquí, lo comprenderé.

–Quiero que te quedes aquí –no vaciló en responder Claire.

Nick asintió, evidentemente aliviado.

–Nick, yo...

–Claire, yo...

Ambos habían comenzado a hablar a la vez, interrumpiéndose también al mismo tiempo.

–Tú primero –le invitó ella.

–No, tú.

Claire ya se disponía a hablar cuando se dio cuenta de que, en realidad, no sabía qué decirle. Afortunadamente, o quizás desgraciadamente, Haley escogió aquel momento para tirarle del pelo con fuerza.

–¡Ay! –se quejó Claire, intentando abrirle los deditos que se habían cerrado sobre un mechón de su melena. Pero Haley debió de pensar que se trataba de un divertido juego, porque tiró de nuevo, en esa ocasión soltándole el cabello que se había recogido en una coleta.

Nick se echo a reír y se adelantó para ayudarla. Después de retirarle la manita a Haley, sostuvo en brazos al bebé. Claire tardó algunos segundos en deshacerse los nudos del pelo, y se detuvo cuando sintió que Nick le estaba acariciando tiernamente la melena.

–Tienes un cabello precioso –le dijo con tono suave–. Siempre lo has tenido. Ojalá no te lo hubieras cortado.

Claire intentó ignorar la oleada de ternura y

euforia que la invadió al escuchar aquellas palabras, y repuso lo más tranquilamente que pudo:

–Es más cómodo así. De esa forma no tengo que dedicar tanto tiempo a secármelo después de la ducha. Además, no lo llevo tan corto. Casi me llega hasta los hombros.

Nick asintió, pero no retiró la mano de su pelo; en lugar de ello, volvió a enterrar los dedos en su melena. Y probablemente lo habría seguido haciendo si Haley no hubiera aprovechado aquel momento para agarrarle la nariz.

–Oye, tú –exclamó riendo–. ¿Molesta porque de repente no eres el centro del universo? –al ver que, a manera de repuesta, Haley empezaba a babear sobre su sudadera, añadió–: Ya, ya, vale, supongo que me lo merecía.

Cuando Claire miró al bebé, se acordó de repente de la idea que se le había ocurrido aquella mañana acerca de su posible relación con su madre.

–Vaya, no sé cómo he podido olvidarme... Quería hablarte de ello antes, pero con todo lo que sucedió... sólo ahora acabo de recordarlo –se dijo que con aquel eufemismo de «todo lo que sucedió», se había referido a aquel apasionado de acto de amor que habían compartido, un asunto que no convenía sacar a colación.

–¿De qué se trata? –le preguntó Nick.

A juzgar por el brillo de sus ojos, Claire comprendió que estaba pensando exactamente lo mismo que ella. Con un profundo suspiro, intentó dominarse y continuó:

–¿Y si la madre de Haley hubiera sido una paciente mía, o de alguna de las otras médicas que están en prácticas? Somos cinco, y tenemos montones de pacientes. Apenas pude ver bien a la madre para saber si me resultaba familiar o no, pero puede que ella sí me conociera a mí.

Nick asintió, pasándose una mano por su áspera mejilla.

–Es una buena idea que habría que investigar. ¿Por dónde empezamos?

–Hoy va a ser imposible, pero mañana se podrán consultar los archivos. Se supone que tengo que ir a trabajar, así que empezaré las investigaciones.

–Me aseguraré de que mañana vayas a trabajar –le dijo él–. Te llevaré en mi todoterreno.

–No tienes por qué...

–Quiero hacerlo, Claire. Después de todo, mañana por la mañana seguiré aquí.

»Oh, estupendo. Tú recuérdamelo, ¿vale?», se dijo Claire. Pero de repente se le ocurrió algo. Existía la posibilidad más que probable de que pudiera estar relacionada con la madre de Haley, y no entendía por qué no había pensado antes en ello: seguramente debido a todo lo que le estaba sucediendo con Nick...

–Espera. Creo que ya lo tengo. Apuesto a que ya sé cuál es la conexión.

–¿Qué conexión?

–Dos veces al mes trabajo como voluntaria en una clínica local para mujeres –le contó–. Una semana de cada dos doy una clase de un par de horas, asesorando y ayudando a adolescentes embarazadas. Hablamos de nutrición, de la necesidad de evitar el tabaco y el alcohol, de la implicación del padre, todo eso. ¡Nick! –exclamó, absolutamente segura de que era ése el vínculo–. Tiene que ser eso

Nick la miró por un momento sin hablar, mientras asimilaba su información.

–¿Cuántas chicas van a esas clases?

–Las damos después de las horas lectivas, pero las chicas van porque quieren, no porque las obliguen. El número oscila entre la media y las dos docenas. Y, como te he dicho, sólo se imparten dos veces al mes. Muchas chicas que empiezan dejan posteriormente de asistir. Y luego, sobre la marcha, otras lo hacen –añadió pensativa–. Muchas se incorporan muy poco antes del parto.

–Es un buen comienzo –afirmó Nick–. Puede que estés en lo cierto. Seguiremos esa pista.

Claire pensó que el único problema estribaba en que habían pasado varios meses desde que la madre de Haley estuvo en el grupo, y ello suponiendo que hubiera llegado a atenderla de verdad. Y si la había atendido, sólo debía de haberlo hecho un puñado de veces. La clínica no conservaba un registro preciso de las clases, dado que había sido una iniciativa organizada y gestionada por ella misma. Había aprendido rápidamente que la mejor manera de atraer a las chicas era haciéndoles las menos preguntas posibles sobre sus situaciones personales. A menudo ni siquiera conocía sus apellidos.

–Haré que investiguen la clínica mañana –le dijo Nick–. Y, sólo para asegurarnos, podrías encargarte de que alguien de tu oficina empezara a hacer pesquisas allí, también. Con un poco de suerte, la encontraremos.

–¿Y si no es así?

–Entonces supongo que tendremos que volver a empezar desde el principio.

«Curioso», pensó Claire. Desde que abrió la puerta de su casa para encontrar en el umbral a Nick Campisano, había estado pensando exactamente lo mismo.

Capítulo Nueve

Nick estaba en el umbral del cuarto de baño, observando cómo Claire bañaba a Haley, sin deseo alguno de interrumpirlas por lo mucho que parecían estar divirtiéndose. No había resultado fácil improvisar los cuidados a un bebé que había aparecido tan de repente y con tan pocos accesorios, pero habían terminado por arreglarse. En aquel preciso instante, Haley estaba sentada en una cesta de plástico para la ropa, y Claire se servía de un pequeño cubo para lavarla. Los juguetes de baño de Haley consistían en un embudo y dos cucharas, objetos con los que parecía absolutamente encantada. Chapoteaba y reía, disfrutando con el agua. Nick no pudo contener la risa que le entró ante su entusiasmo.

–Con la afición que tiene al agua, estoy seguro de que cuando sea mayor será oceanógrafa –comentó–. Acuérdate de mis palabras.

Al oír el sonido de su voz, Claire se volvió con rapidez, sorprendida.

–O eso o una nadadora sincronizada. De hecho, tiene cierto parecido con Esther Williams –bromeó.

Como si quisiera rubricar ese comentario, Haley le salpicó en ese momento la cara, y se echó a reír.

–¿No te lo decía yo?

Nick estalló en carcajadas. En aquel momento

se sentía inmensamente feliz. Había algo extrañamente cómodo y apropiado en aquella ocasión, algo que le producía una fuerte sensación de paz y de bienestar en lo más profundo de su ser. En esos instantes le habría resultado fácil mentirse a sí mismo y decirse que así era como debería haber sido su relación con Claire. Y que así era como debería ser siempre.

Desgraciadamente, eso siempre sería imposible, a no ser que ambos estuvieran dispuestos a hacer más de una concesión.

—Creo que ya hemos terminado —dijo Claire.

Por un segundo Nick llegó a sentir una punzada de pánico porque, gracias al curso de sus reflexiones, había pensado que Claire se estaba refiriendo a su relación. Vio cómo sacaba a Haley fuera del agua, manteniéndola así durante más tiempo del que parecía necesario, sin secarla.

—¿Nick?

—¿Sí, Claire?

—Hum, ¿qué es lo que exactamente se supone que debemos hacer con ella ahora?

—Bueno —sonrió—, puede que te parezca poco convencional, pero lo creas o no, se supone que tienes que secarla.

—Ah. Entiendo. Lo que pasa es que hay... un problema.

—¿Cuál es?

—Que me he olvidado de sacarle una toalla.

—Ya —rió de nuevo Nick—, ése sí que es un problema.

—¿Te importaría ir a buscarla? —le pidió Claire—. Hay algunas en el armario de las toallas que está detrás de ti.

Nick pensó que, naturalmente, un cuarto de baño como aquél, del tamaño del palacio de Taj

Mahal, dispondría de un armario especial para las toallas. Cuando lo abrió, se halló frente a un impresionante colección de toallas de todos los colores y tamaños. «Vaya, Claire debe de bañarse muy a menudo», pensó. A no ser que, por supuesto, las compartiera con alguien más.

Desdobló una toalla y la extendió, indicándole en silencio a Claire que envolviera a Haley en ella. Así lo hizo, y él llevó al bebé al dormitorio y lo tumbó sobre la cama, para poder secarlo con mayor comodidad. Luego se volvió hacia Claire, y vio que los estaba observando con una expresión soñadora que lo conmovió profundamente. Evidentemente Haley permanecía ajena a aquella escena, concentrada como estaba en llevarse un pie a la boca.

—Esta vez podrías ponerle tú el pañal —le dijo Nick en un impulso.

Claire dejó de repente de sonreír:

—Pero yo...

—Hey —la interrumpió—, ya sabes que te toca a ti.

—Pero yo le he dado de comer todas las veces.

—Pues no haberlo hecho —se burló Nick, sonriente.

—Ya, pues no estoy dispuesta a...

—Claire, Claire, Claire —le dijo con tono paciente, sacudiendo la cabeza—. Sé que eres una mujer muy ocupada y todo eso, pero no entiendo por qué no quieres compartir algunas de las responsabilidades que nos han tocado. Haley es tu hija también, y lo sabes. Y creo que ya es hora de que asumas el rol maternal que te corresponde.

Evidentemente Nick había querido hacer una broma, pero ella no se lo tomó como tal.

—Haley no es mi hija —replicó, especialmente

disgustada por alguna razón–. Y ella no es mi responsabilidad. No te atrevas a sugerir lo contrario.

Nick estaba asombrado, y por el momento no pudo decidir si aquello era bueno o malo. Ya lo analizaría posteriormente. Por el momento, tenían demasiadas cosas de las que ocuparse: como, por ejemplo, las disposiciones para aquella misma noche.

–Bajaré a prepararle el biberón –le dijo–. Así podrás ponerle el pañal.

–Pero...

–Hazlo, Claire. Es tu turno para cambiarla, y el mío para darle de comer. Será mejor que nos vayamos acostumbrando porque, enfrentémonos a ello: quizá tengamos que seguir haciendo esto durante un día y una noche más. O más tiempo incluso.

Dejándola rumiando aquel pensamiento, Nick salió de la habitación. Sabía que a cada momento que pasaba a solas con Haley, Claire se iba sintiendo más cómoda y menos insegura con ella. Con un poco de suerte, pensaba mientras se dirigía hacia la cocina, una noche más, y quizá incluso una mañana, le proporcionaría el mínimo conocimiento de los niños necesario para replantearse su opinión sobre ellos.

Nick no se atrevía a esperar que cambiara completamente de manera de pensar acerca de los bebés. Ni que algún día llegara a aceptar tener media docena de hijos. Pero quizá, sólo quizá, tal vez sí tres, o cuatro... Bueno, eso siempre podría suceder.

–Compromiso –murmuró para sí mismo mientras entraba en la cocina para prepararle el biberón a Haley–. Esa es la palabra del día. Lo único que tenemos que hacer es encontrar una vía de compromiso.

Claire desapareció cuando Nick estaba terminando de darle el biberón a Haley, así que una vez que la acostó, se retiró también a su vez. Se dijo que no podía haber ido muy lejos; tal vez necesitaba estar sola para pensar, como él esperaba que hiciera, sobre sus expectativas para aquella noche.

Se duchó y afeitó, para después dirigirse a la habitación de invitados donde había dormido la noche anterior. Se puso unos pantalones de chándal y una camiseta, y se tumbó descalzo en la cama con un ejemplar de *The Atlantic Monthly* que había encontrado en el piso de abajo. En el despacho. Encima de la consola, al lado del botellero de los vinos. Oh, y también había abierto lo que prometía ser un estupendo *pinot noir*, y se había subido la botella a la habitación, junto con dos copas.

Tenía que reconocer que todo marchaba a las mil maravillas. Por el momento.

Cuando subió a la habitación con el vino, había oído correr el agua del cuarto de baño del pasillo, lo que significaba que Claire se estaba preparando para acostarse. Mientras yacía en la cama, intentó imaginarse hacia qué dormitorio encaminaría sus pasos una vez que terminara con sus abluciones nocturnas. Si escogía su propio dormitorio en vez de aquel donde él estaba, ¿qué podría hacer al respecto?

Hacerla cambiar de idea, decidió. Eso era lo que iba a hacer. Y usaría cualquier arma que tuviera a su disposición. Afortunadamente eso no fue necesario, porque cuando estaba terminando de servir las dos copas, oyó un leve ruido en la puerta de su dormitorio y se volvió para ver a Claire en el umbral.

Tenía un aspecto maravilloso, vestida con un largo camisón de seda color champán, bajo una bata del mismo tejido. La parte superior del camisón era enteramente de encaje calado, a través del cual podía distinguir el valle que se abría entre sus senos. Una vez que se quitara la ropa, pensó Nick, también podría ver los oscuros círculos de sus...

Pero era mejor no pensar en aquello por el momento. No había que apresurarse; tenían mucho tiempo por delante. Toda la noche, de hecho. Y no quería desperdiciar ni un solo segundo.

—Hola —la saludó con el tono más tranquilo del que fue capaz, esperando que no pudiera escuchar el atronador latido de su corazón—. ¿Vino?

«Guau, vas bien, Campisano», se dijo, irónico. «La primera parte de la conversación ha sido un éxito. Pero procura utilizar más de una sílaba cada vez, ¿vale?».

—Sí, gracias —respondió Claire, avanzando un par de pasos hacia él—. Lo del vino me parece una gran idea.

—Yo, esto... me preocupaba que no vinieras —le confesó mientras le tendía una copa.

—Es curioso. A mí me preocupaba que no fuera capaz de mantenerme... alejada. Parece que mis preocupaciones estaban bien fundadas, ¿verdad? —lo miró con expresión entristecida al paso que añadía—: Porque parece que no puedo mantenerme alejada de ti.

—¿Por qué habrías de querer hacerlo? ¿Y por qué habría de preocuparte eso?

—Porque no estoy segura de lo que nos pasa, Nick —contestó con tono suave—. Sigo sin saber qué futuro nos espera. Sigo sin saber cómo vamos a poder solucionar las cosas. Y si no las solucionamos, no sé cómo voy a ser capaz de separarme de ti por segunda vez.

–No pienses en ello ahora –le sugirió Nick, con el corazón acelerado.

–¿Estás de broma? Pero si no consigo pensar en nada más.

–Entonces quizá deba distraerte yo.

Claire lo miró con los ojos muy abiertos, y levantó su copa para tomar un sorbo. Nick la imitó, paladeando bien el vino antes de tragarlo.

–Yo, eh... me siento como si no estuviera debidamente vestido para la ocasión –dijo en un impulso, fingiendo un desenfado que distaba mucho de sentir.

–¿Ah, sí? –inquirió Claire, riendo nerviosa–. Pues yo nunca me había puesto esto antes, y eso a pesar de que lo compré hace años. No sabía que fuera tan... quiero decir... que ni siquiera sé por qué me lo compré, en primer lugar. Es tan...

Se interrumpió, como si temiera exagerar algo que ya había dejado claro. Porque, al menos, resultaba claro para Nick. Tomó otro sorbo de vino, y empezó a cerrarse la bata.

–No –le pidió Nick, extendiendo lentamente las manos para abrirle la bata y dejársela caer por los hombros–. No te escondas de mí –sonrió mientras la contemplaba–. Eres tan hermosa, Claire. Eres como...

–¿Cómo qué? –le preguntó ella.

–Como una novia.

Ella se mordió el labio al escuchar aquella comparación pero no dijo nada, ni para confirmarla ni para negarla. Nick dejó su copa sobre el aparador y tomó la de Claire, que se la entregó sin objeción alguna.

Fue entonces cuando Claire se acercó a él, extendiendo una mano hacia la parte más viril de su cuerpo y acariciándola lenta, metódicamente, desde la cabeza hasta la base.

–Oh –murmuró–. Oh, Claire.

Sonriendo triunfante al ver el efecto que le provocaba, continuó acariciándolo a través del fino tejido del pantalón. Nick se tensaba por momentos, acercándose a ella, hasta que finalmente Claire introdujo la mano dentro de su ropa y cerró los dedos en torno a su excitado y ardiente sexo.

Un torrente de fuego corrió por las venas de Nick ante aquel contacto, y comprendió que aquel encuentro nocturno iba a ser mucho más presuroso y exigente que el de la mañana. Mientras Claire seguía acariciándolo, Nick posó las manos sobre sus caderas y fue subiéndole lentamente el camisón. No llevaba nada debajo, como había esperado, y le acarició el suave, cálido y desnudo trasero.

Deslizó entonces los dedos de ambas manos a lo largo de sus nalgas, buscando su sexo, y sin que se lo pidiera, Claire avanzó una pierna para abrirse a completamente a él. De inmediato Nick se aprovechó de su tácita oferta, introduciendo un largo dedo en su interior una y otra vez.

–Oh –murmuró Claire, en esa ocasión–. Oh, Nick...

El temblor de su voz al pronunciar su nombre significó, finalmente, su perdición. No queriendo separarse de ella ni por un instante, fue retrocediendo sin dejar de abrazarla hasta tumbarla delicadamente sobre la cama. Con su melena de ébano derramada en torno a su cabeza, y sus senos destacando bajo el encaje transparente de su camisón, parecía la viva imagen del deseo y la tentación erótica.

Nick comenzó entonces a acariciar con los labios la sombra de un oscuro pezón bajo la fina tela, lamiéndoselo una y otra vez con la punta de la lengua. A través de una nube de euforia, podía sentir la manera en que sus insistentes dedos se enredaban en su pelo, su cuerpo esbelto agitándose bajo el suyo. Y se dio cuenta de que, sencillamente, ya no podría aguantar más. Se levantó, y sin desnudarse del todo, se bajó los pantalones y entró profundamente en ella, empujando con mayor fuerza cada vez. Claire enredó las piernas en torno a su cintura para atraerlo todavía más hacia sí, y Nick se esforzó por satisfacer todas sus exigencias.

Era como si nunca lograra saciarse de Claire, luchando siempre por poseerla completamente y al mismo tiempo por entregársele por entero. Lo invadió una estremecedora sensación de culminación, con la fuerza de un terremoto, hasta que finalmente, al cabo de lo que le pareció una eternidad, la llenó con su calidez.

Incluso después, durante unos momentos continuó moviéndose contra ella, como si no quisiera separarse jamás y retirarse supusiera renunciar para siempre a una parte de su ser. Habría podido jurar que Claire sentía exactamente lo mismo.

Finalmente Nick se apartó, pero sólo físicamente, y apenas el tiempo suficiente para desnudarse por completo y tumbarse a su lado. La besó profunda, insistente, resueltamente, y ella deslizó los brazos por su cuello con idéntico ardor. En algún momento el camisón de Claire fue a parar al suelo y se abrazaron desnudos, piel contra piel y corazón contra corazón, desesperadamente.

—No me dejes nunca —le pidió él con tono

suave, acariciándole suavemente un pezón endurecido con el pulgar–. Prométemelo, Claire.

Pero a través de la nube de felicidad que lo envolvía, lo único que oyó Nick fue un suspiro de satisfacción y el acelerado latido de su corazón. Y sólo cuando ya le estaba venciendo el sueño se dio cuenta de que Claire no había llegado a responderle.

El timbre del teléfono despertó a Claire a la mañana siguiente, sacándola bruscamente de un sueño en el que Nick y ella estaban sentados ante la mesa de la cocina, desayunando tranquilamente mientras leían el periódico. Era el sueño menos dinámico que había tenido nunca. Y el más maravilloso.

Empezó a buscar a tientas el teléfono que había sobre la mesilla, y fue entonces cuando reparó en el cálido cuerpo masculino que se interponía entre el aparato y ella. Aquel cuerpo también parecía ponerse en movimiento, si bien con extremada lentitud, para descolgar el auricular.

–¿Diga? –pronunció Nick, medio dormido.

«Qué noche», pensó Claire, suspirando satisfecha. Nick y ella habían dormido unas pocas horas después de su primera unión, sólo para despertarse por el llanto de Haley antes de las dos de la madrugada. Claire se había puesto la bata y le había preparado un biberón, y había llevado luego al bebé a la habitación de Nick para dárselo allí. Mientras ella se apoyaba en la cabecera de la cama con Haley en su regazo, Nick se había sentado a observarlas, con su brillante torso desnudo destacando en medio de la penumbra.

Cuando Haley hubo terminado, Claire volvió a

su habitación para dormirla de nuevo. Luego regresó a la cama de Nick, donde recrearon nuevamente, con mayor lentitud y menor precipitación esa vez, la ardiente unión de sus cuerpos.

Ahora eran las siete menos cuarto de la mañana, y la luz del día se presentaba acompañada de una cantidad de consideraciones que la noche se había encargado de oscurecer. La menor de los cuales no era, por cierto, la llamada de teléfono que los había despertado.

Nick permaneció en silencio por un segundo después de pronunciar su inicial saludo, hasta que logró identificarse con evidente dificultad:

–Ya. Esto... Detefti... eh... detetci... eh... Aquí Campisano.

Claire se había acurrucado contra él cuando sintió que su cuerpo se ponía repentinamente rígido. Nick se sentó lentamente, sin separarse de ella, y de manera automática le rodeó los hombros con un brazo.

–No me diga –dijo al teléfono.

En respuesta alguien le dijo algo, que Claire no acertó a escuchar.

–Ya, desde luego. No, no creo que eso sea ningún problema –pronunció al fin Nick–. Necesitaré un par de horas para prepararme. No sé cómo están las carreteras, pero...

En esa ocasión Claire sí logró descifrar al menos una palabra de la respuesta que recibió Nick: «máquinas quitanieves».

–¿Ah, sí? Bueno, eso es estupendo –comentó Nick con un tono que desmentía el entusiasmo de sus palabras–. Entonces no habrá problema alguno. Estaré allí tan pronto como pueda. Gracias.

Sin despedirse, Nick colgó el auricular con gesto ausente.

–¿Nick? ¿Qué es lo que pasa?

Por un momento Claire pensó que ni siquiera la había oído, porque continuó mirando al vacío, absorto en sus pensamientos.

–Era de la comisaría de policía, en respuesta a las llamadas que les hice ayer.

–¿Y? –preguntó Claire, sintiendo un nudo de tensión en el estómago.

–Han encontrado a la madre de Haley.

Capítulo Diez

Lo primero que a Claire le llamó la atención de la madre de Haley fue, aparte de su larga melena rubia que había reconocido desde el primer momento, su ojo amoratado. Lo segundo fue su labio partido e hinchado. Lo tercero fue que parecía todavía más joven de lo que había creído en un principio. Y lo siguiente que advirtió fue que la chica estaba evidentemente aterrorizada.

Claire supuso que tendría unos dieciséis años, poco más. Y que evidentemente había llevado una vida muy dura. Aparte de sus magulladuras, estaba muy pálida y su apariencia era extremadamente frágil. La cazadora de cuero negro que llevaba parecía pertenecer a un hombre tres veces más grande que ella, al igual que sus vaqueros del mismo color.

–¿Mi bebé? –inquirió la chica en el mismo momento en que vio a Nick y a Claire entrar en la habitación.

Cuando la joven se levantó de la silla y se les acercó, inmediatamente Nick se colocó entre ella y Claire, que sostenía en brazos a Haley envuelta en una manta. La chica se detuvo ante el movimiento de Nick, con su instinto maternal obviamente batallando e imponiéndose a su instinto de supervivencia. Nick llevaba la misma ropa que la noche que se presentó en casa de Claire, apenas dos noches atrás, y presentaba un aspecto intimidante con su enorme parka y sus grandes botas de montaña. Pero a pesar de una ligera vacilación inicial, la madre de Haley lo esquivó para acercarse a Claire:

–¿Es mi bebé? –inquirió con un tono desesperado que la conmovió profundamente–. ¿Es Haley? ¿Se encuentra bien? Por favor, dígame que se encuentra bien.

–Sí, está bien –le aseguró Claire.

Nick se volvió entonces para mirarla. Obviamente no quería transmitir ninguna información sobre Haley que no fuera absolutamente esencial.

–Está perfectamente –ratificó Claire, a pesar de la expresión molesta y contrariada que veía en el rostro de Nick. Ignorándola, se dirigió nuevamente a la madre de Haley–. Tu bebé se encuentra perfectamente –y añadió en un impulso–: Puedes verlo por ti misma.

La chica no necesitó una mayor invitación. Incluso la intimidante presencia de Nick Campisano no pudo impedirlo. Dio un paso hacia adelante, rodeando de nuevo a Nick, y se acercó aún más a Claire. En el momento en que lo hizo, Haley empezó a emitir un murmullo de deleite, alzando los bracitos hacia su mamá.

Una ola de melancolía abrumó entonces a Claire, pero se esforzó por disimularlo.

–Oh, cariño –exclamó la chica–. Oh, Haley, mamá te ha echado tanto de menos... mamá te quiere tanto –recibió el bebé de brazos de Claire, meciéndolo contra su pecho suavemente, arrullándolo con una ternura conmovedora–. Oh, Haley... mi bebé...

De repente, Claire se dio cuenta de que la madre de Haley no era la única que estaba llorando. Ella misma se había emocionado hasta las lágrimas.

–Vivian, todavía tenemos mucho trabajo por delante –pronunció de repente una nueva voz.

Nick y Claire se volvieron para descubrir a la mujer negra que estaba sentada ante el escritorio de la sala. Debía de tener unos cincuenta y tantos años y era alta y esbelta, de cabello color cobrizo.

–Soy Annette Graham –se presentó–, de Servicios Sociales. Usted debe de ser el detective Campisano. Hablamos por teléfono.

Nick asintió mientras le estrechaba la mano.

–Llámeme Nick. Gracias por la llamada, señora Graham.

–Gracias a ti por haberte ocupado tan bien de este asunto. Y llámame Annette, por favor –miró a la madre de Haley, cuya atención estaba absolutamente concentrada en su bebé–. Es Vivian Dixon. Desde anoche nos ha estado contando una historia que, desgraciadamente, se ha visto confirmada por los hechos.

Les relató los detalles con un estilo preciso y desapasionado. Antes de quedarse embarazada, Vivian Dixon había llegado a pasar cinco meses enteros viviendo en las calles de Filadelfia. Y antes de eso había vivido en un pequeña ciudad de Maryland, aunque Claire pensó que «vivir» era un término que describía mal todo aquello por lo que había pasado Vivian. Según Annette, la madre era alcohólica, y sus padre había abandonado a ambas cuando Vivian sólo era un bebé. Para cuando la chica ingresó en el instituto, sólo confiaba en sí misma para su supervivencia, evitando las indeseadas atenciones del último compañero de la madre.

Había escapado de casa al día siguiente de su decimosexto cumpleaños, y ya contaba diecisiete años. La dejó embarazada un camarero de veintinueve que trabajaba en South Jersey, y cuyo único propósito vital parecía ser el de controlar cada uno de sus movimientos, y poseer cada aspecto de su persona. Al principio Vivian había pensado que aquellas abrumadoras intrusiones en su vida sólo respondían a su apasionado amor por ella. Últimamente, sin embargo, había descubierto de la peor manera posible que no la amaba en absoluto.

–Pero nunca pudo hacerle daño al bebé –intervino Vivian cuando Annette Graham estaba abordando aquella parte de la historia–. Siempre me aseguré de que Haley no estuviera a su alcance cuando Donnie... eh... estaba de mal humor. Donnie jamás le levantó la mano.

Sólo entonces Claire reparó en el hecho de que Vivian había escuchado los detalles de su vida relatados en presencia de dos desconocidos, sin que se le ocurriera mostrar su desacuerdo con lo que se había dicho, o confirmar cualquier aspecto. Claire supuso que una chica que había llevado una vida semejante no había tardado en asumir una actitud pragmática y un tanto cínica. Nick y Annette también parecieron sorprenderse de su intervención, como si se hubieran olvidado de su presencia.

–No le hizo ningún daño –insistió Vivian–. Pero no se trata de que quiera defenderlo. No es eso. Ya no. Lo que me hizo... –vaciló por un instante, bajó la mirada–... bueno, jamás debió haberlo hecho, eso es todo –añadió con tono suave–. Y el sábado, cuando lo repitió... –nuevamente se interrumpió, y nuevamente se obligó a continuar–... empecé a pensar que si me lo hacía a mí, también podría hacérselo a Haley. Y no podía permitir que ni él, ni nadie, le hiciera ningún daño. Donnie es tan... quiero decir... que no es el tipo de hombre con el que sea prudente enfrentarse...

–Ya, el tipo de hombre que pega a chicas jóvenes e indefensas, ¿eh?

La apenas disimulada furia presente en la voz de Nick se reflejaba en la tensión de su cuerpo. Claire sabía demasiado bien lo que le habría esperado al nefando Donnie de haberse encontrado allí en aquel momento. Generalmente deploraba la simple idea de la violencia, y consideraba que no había razón alguna para que una persona le levantara siquiera la mano a otra. Sin embargo, y a pesar de ello, había mucha gente en el mundo, como Donnie, por ejemplo, a la que con mucho gusto le habría propinado una buena tunda. Preferiblemente más de una.

Vivian asintió mientras escuchaba el comentario de Nick, sin hacer réplica alguna.

–Sabía que necesitaba dejarlo –les confesó–, pero no tenía a dónde ir. No sabía dónde dejar a Haley. Donnie lo ha sido todo para mí desde que lo conocí. No tengo más amigos que no fueran suyos primero, y ellos inmediatamente le habrían dicho dónde me encontraba. No podía regresar a casa, y yo... yo... –las lágrimas inundaron nuevamente sus ojos, y echó la cabeza hacia atrás en un intento por contenerlas–... no tenía ningún sitio donde dejarla. Pero tampoco podía quedarme allí con Haley. Puedo arreglármelas para sobrevivir en las calles; estuve haciéndolo durante mucho tiempo antes de conocer a Donnie. Pero no podía hacerlo con Haley. No habría sido seguro para ella. Ningún lugar me lo parecía...

–¿Y los refugios? –inquirió Claire–. Hay muy buenos refugios en la ciudad para jóvenes en tu situación. ¿Por qué no lo intentaste en uno?

Una sombra cruzó el rostro de Vivian ante su sugerencia.

–Temía que fueran a quitarme a Haley, y que la llevaran a un centro de acogida. Yo ya he estado en un centro de ésos antes.... y no lo quería para mi hija. Quería que tuviera una vida cómoda y feliz con alguien que la quisiera, que la amara.

–¿Pero por qué yo? –volvió a preguntar Claire–. Soy una completa desconocida para ti. ¿Qué te hizo pensar que yo querría a tu babé, o que sería capaz de hacerme cargo de él?

Por un momento Vivian no respondió nada. Simplemente se mordió el labio, pensativa, hasta que al fin le confesó:

–Usted no era una desconocida para mí. No del todo, al menos.

–Asistías a las clases que yo impartía en la clínica de mujeres, ¿verdad? –al ver que asentía en silencio, Claire añadió–: Lo siento, pero no te recuerdo...

–No iba todo el tiempo. Y cuando lo hacía, procuraba sentarme atrás. No me siento muy cómoda entre la gente, y muchas veces... –se encogió de hombros–... muchas veces no quiero que nadie sepa cómo me encuentro.

–Pero fuiste a la clínica –apuntó Claire.

–Sí. Y usted siempre me gustó. Pensé que realmente parecía... no sé... bondadosa. Como si se creyera de verdad lo que estaba haciendo. Empecé a preguntarme si quizá la razón por la que impartía aquellas clases era porque no había tenido hijos propios a los que cuidar. Pensé que quizá fuera por eso por lo que decidió convertirse en el tipo de doctora que era... porque le gustaban mucho los niños. Pensé que tal vez no pudiera tenerlos... o no hubiera encontrado al hombre adecuado que fuese su padre –se encogió de hombros con un gesto de inocencia que conmovió profunda-

mente a Claire–. Usted me parecía... no sé... solitaria y deprimida. Como si no tuviera una familia en
la que refugiarse, y hubiera hecho de la clínica
una especie de familia...

Ante la observación de Vivian, Claire se quedó
sin aliento. Con el pulso acelerado y ostentosa-
mente ruborizada, se dijo que no podía haber
nada de cierto en lo que acababa de decirle aquella chica. ¿Seguro? No, seguro que no. Vivian no
era más que una adolescente ingenua, a pesar de
sus penosas experiencias. Había sacado de ella
unas conclusiones basadas únicamente en sus ideales, no en un conocimiento profundo de su situación. No conocía en absoluto a Claire. Claire se
conocía mejor que nadie. No era posible que Vivian hubiera estado en lo cierto...

Vivian no pareció advertir la reacción de Claire,
porque continuó con aire despreocupado:

–Siempre me pareció que estaba usted como...
triste. Como si su vida estuviera vacía, y necesitara
que alguien formara parte de ella.

Claire se dijo con énfasis que su vida no estaba
vacía. Su trabajo la mantenía muy ocupada, e incluso trabajaba de voluntaria. Tenía amigos y salía
de vez en cuando, y no había forma de que su vida
pudiera estar vacía...

–Cuando empecé a preguntarme quién podría
hacerse cargo de Haley –añadió Vivian–, quién podría quererla y amarla, pensé en todas y cada una
de las personas que había conocido el año pasado.
Y cada vez que intentaba pensar en alguien, me
acordaba de usted. Pensé que quizá Haley podría
hacerle compañía y evitar que se sintiera tan sola y
tan triste... que tal vez le gustaría tenerla en su
vida, que sería capaz de amarla, porque no parecía
contar con nadie más. Pero ahora ya no puedo re-

nunciar a ella –se apresuró a aclarar, como si temiera que Claire quisiera conservar a Haley consigo–. No puedo soportar la idea de no volver a verla. Ayer por la noche no llegué más lejos de la estación de autobuses, y me di cuenta de que no había manera de que pudiera dejarla, ni siquiera con usted. Pero para entonces estaba nevando mucho, y me fue imposible regresar a su casa. Luego pensé que sería mejor que viniera aquí, a la policía. Temía que no quisiera devolverme a Haley.

Claire levantó una mano para cubrirse la cara, esperando que nadie pudiera descubrir la agitación que sentía. Apenas había escuchado una palabra de la insistencia de Vivian por conservar el bebé, impresionada como estaba por la primera parte de su aseveración.

¿Se habría sentido motivada durante todo ese tiempo por una necesidad inconsciente de tener una familia? ¿Se habría convertido en tocoginecóloga porque, detrás de su vocación, había habido algo más que el simple interés científico por los bebés y la reproducción humana? ¿Era posible que, durante todos aquellos años, hubiera ansiado precisamente las mismas cosas que había eludido con tanta terquedad? ¿Un marido, hijos, un hogar? ¿Había desperdiciado simplemente los últimos doce años?

Inmediatamente comprendió que lo último no era cierto. Siempre le habían encantado sus estudios así como su profesión. No era posible desperdiciar algo como su educación y su carrera de médico, pero... ¿no habría podido compaginarlas durante todos esos años con su relación con Nick? Si ambos hubieran sido menos testarudos, ¿no habría sido posible compatibilizar su carrera con una familia? Al sentir la caricia de una cálida mano en la nuca, comprendió que Nick sabía exactamente lo que estaba pensando. Y cuando se volvió para mirarlo, comprendió que eso se debía a que él estaba pensando en lo mismo. Como Claire, se estaba preguntando si los dos no habrían echado demasiadas cosas de menos durante los últimos años por su negativa a contraer un compromiso. Como Claire, se estaba recordando que, a largo plazo, ambos habían acabado por sentirse infelices e insatisfechos.

Y, como Claire, Nick se estaba preguntando si había alguna posibilidad de que los dos pudieran recuperar el tiempo perdido.

–Oh, Nick... –pronunció con tono suave, pero de alguna forma no supo qué añadir.

Él pareció comprenderla completamente, porque le rodeó los hombros con un brazo y la atrajo hacia sí, besándola tiernamente en la sien.

–¿Qué vamos a hacer con todo esto?

Vivian Dixon, sin embargo, creyó que se estaba refiriendo a otra cosa, porque con una voz teñida de verdadero pánico, exclamó:

–No pueden arrebatarme a mi hija. No pueden. Sé que no debí haber hecho lo que hice, pero no sabía qué otra cosa podía hacer. ¿Lo entienden? ¡No sabía qué hacer!

–Vivian –le dijo Annette Graham, poniéndole suavemente una mano sobre un hombro, con gesto maternal–. Como te dije antes, tenemos mucho trabajo por delante. No te precipites a sacar conclusiones. En el mejor de los casos, con una buena asesoría y un esfuerzo por tu parte, tanto Haley como tú estaréis perfectamente.

–¿Y en el peor? –le preguntó Vivan, lanzándole una mirada cargada de sospecha.

–En el peor de los casos –pronunció Annette

141

con un tono que denotaba su disgusto hacia esa posibilidad–, Haley será destinada a un centro de acogida.

Con los ojos llenos de lágrimas ante aquella sugerencia, Vivian se esforzó por dominarse.

–No, eso no puede suceder. No pueden hacerle eso. Haley es lo único que tengo. Intenté hacer lo que me pareció era lo más adecuado, lo único posible. Lo siento... No sabía qué otra cosa podía hacer...

–Lo sé –la tranquilizó Annette, abrazándola–. Y te prometo que haré todo lo que esté en mi mano para hacer que conserves el bebé. Pero, Vivian, tienes que entender que lo que hiciste al abandonar al bebé fue algo muy, muy serio. Y vas a tener que imprimir un gran cambio a tu vida si no quieres perder a Haley.

–Haré lo que sea. Lo que sea con tal de tener a Haley conmigo. Díganme lo que tengo que hacer, por favor.

–Por el momento, el bebé y tú podéis quedaros aquí. Me gustaría mantener una pequeña conversación con el detective Campisano y con la doctora Wainwright.

Cuando Claire se disponía a seguirla a otra sala junto con Nick, la débil voz de Vivian la detuvo:

–¿Doctora Wainwright? Gracias por haber cuidado tan bien de Haley.

Claire sonrió, aunque con una leve sombra de tristeza.

–Es una niña maravillosa. ¿Te importaría que la tomara en brazos por última vez? –le preguntó, sorprendida ella misma de su petición.

–Adelante –respondió la chica, sonriente.

Claire estrechó entre sus brazos a la pequeña,

acariciándole tiernamente una rosada mejilla con el dedo índice.

–Eres una niña muy dulce –le susurró–. Tienes que ser muy buena con tu mamá.

–Ooooo –repuso Haley. Luego sonrió y extendió un dedito gordezuelo para tocarle la nariz, haciéndola reír.

–Le gusta –le dijo Vivian mientras Claire volvía a entregarle el bebé–. ¿Sabe? Debería usted tener hijos. Sería una mamá estupenda.

–Palabras más cargadas de razón no he escuchado en mi vida –pronunció Nick en voz baja a su espalda.

Claire decidió no responder a ninguno de aquellos comentarios. Por el momento. Ni siquiera deseaba pensar en la sugerencia. Sus emociones estaban aún demasiado confusas después del fin de semana y de la mañana que acababa de pasar.

–¿Señora Graham? –la llamó Vivian cuando Claire ya se había reunido con Nick y con la trabajadora social.

–¿Sí, Vivian?

Al igual que cuando vio llegar a Claire y a Nick, la chica parecía aterrada:

–Y si... quiero decir que... si Donnie...

–¿Sí? –inquirió Annette.

–¿Y si descubre dónde estamos Haley y yo? ¿Y si viene a buscarnos? No sé lo que será capaz de hacer...

–No te preocupes. Te conseguiré una orden de custodia.

–No creo que eso sea necesario –intervino Nick, y las tres mujeres se volvieron para mirarlo asombradas.

–¿Por qué no? –inquirió Claire–. Evidentemente es un hombre muy peligroso.

–Vivian, dame la dirección de Donnie –le pidió a la chica–. Iré a hacerle una visita. Le dejaré muy claro que si se le ocurre ir a buscarte a ti o a Haley, tendrá que vérselas antes conmigo.

Al otro lado del pasillo al que se abría la habitación donde habían dejado a Vivian y a Haley en compañía de otra trabajadora social, Nick y Claire se sentaron a hablar con Annette acerca del futuro de la joven. Nick tomó asiento a un extremo de la mesa, Claire en otro y Annette en la cabecera, formando una tríada perfecta.

Nick no podía menos que confesar que, la primera vez que le informaron de que la madre de Haley había aparecido, se había sentido inclinado a hacer todo lo posible para asegurarse de que la mujer perdiera su custodia sobre el bebé. Ahora, sin embargo, después de haber conocido a Vivian y de haber escuchado su experiencia de sus labios... Sólo era una chiquilla. Una chiquilla que había sido maltratada, más de una vez, y que a pesar de todo lo que había ocurrido, amaba a su bebé con todo su corazón. Sinceramente había creído que abandonar a Haley en la puerta de la casa de Claire había sido lo mejor que había podido hacer por ella. Había pensado que era la única manera que tenía de salvarla.

Pero tuvo que recordarse que había abandonado a su hija. Y ésa era una acusación muy seria.

–Bueno, es evidente que Vivian se encuentra en una situación muy comprometida –empezó Annette–. En general, los tribunales no tienen una buena opinión de las madres adolescentes, y una que ha abandonado a su bebé en medio de una nevada... no es precisamente una enternecedora imagen de amor maternal. Sin embargo –añadió al oír el suspiro de abatimiento de Nick–, hay alguna esperanza. El condado de Camden ha presentado recientemente un programa de madres solteras que está dando muy buenos resultados. Me gustaría incluir a Vivian en él; es una buena candidata. Hasta ahora, no ha tenido problemas con la justicia. No es drogodependiente y goza de buena salud. Es inteligente y está dispuesta a cambiar para cuidar del bebé y de sí misma. Creo que probablemente conseguiríamos que la admitieran.

–¿De qué tipo de programa se trata? –inquirió Claire.

–Vivian tendrá que volver al instituto y graduarse –explicó Annette– a la vez que trabajar en un empleo de media jornada, diez horas a la semana. Recibirá clases sobre maternidad y cuidado infantil, y también una preparación laboral en lo que le guste. El estado se encargará del mantenimiento de Haley durante todo ese tiempo.

–O yo misma –pronunció Claire. Cuando Annette y Nick la miraron sorprendidos, se apresuró a explicarse–. Yo... quiero decir que... me encantaría poder ver a Haley un par de veces por semana...

Nick sonrió ante aquella petición, pensando que Claire estaba cambiando radicalmente su anterior opinión sobre los niños. Quizá podría...

–El estado también le proporcionará una subvención a Vivian –continuó Annette–. Un trabajador social la visitará regularmente para asegurarse de que atiende debidamente las necesidades del bebé. Parece más fácil de lo que es en realidad –concluyó–. Pero creo que Vivian podrá hacerlo. Sólo hay una pega.

–¿Cuál es? –preguntaron a la vez Nick y Claire.

–Vivian tendrá que tener un garante que responda por ella y la apoye a lo largo del programa. Y, según dice, no cuenta con nadie que esté dispuesto a hacer eso por ella.

–¿Qué es lo que tiene que hacer exactamente ese garante? –inquirió Claire.

–Escribir una carta hablando en su favor –respondió Annette– y declarando que considera que la chica es adecuada para el programa. Tiene además que acompañarla en una clase una vez por semana, y asegurarse de que comprende lo que se espera de ella. El garante debe pasar asimismo tres horas por semana con Vivian y con Haley, ayudándolas a llevar una vida normal: acompañarlas a la tienda, al parque, lo que sea. No se trata de un trámite; el garante tiene que jugar un papel activo en sus vidas. Y debido al grado de compromiso que entraña, es mucha la gente que duda en asumirlo.

–Yo seré el garante de Vivian –dijo Nick inmediatamente, para sorpresa tanto de Annette y de Claire como suya propia.

–¿Tú? –replicó dubitativa la trabajadora social–. Pero...

–Sería perfecto. Soy policía, un funcionario público. No me resultan ajenos los programas como el que has descrito. Ya tengo una relación con Haley. Podré encontrar tiempo en la agenda para desempeñar esa responsabilidad –declaró con tono firme–. Puedo ayudarla.

Sabía que podía. Aquella era una oportunidad para hacer algo que mereciera realmente la pena. Nick podía ayudar a Vivian y a Haley a cambiar sus vidas para mejor. Era exactamente lo que siempre había deseado hacer, aquello que nunca había podido conseguir con su trabajo de policía.

Habría sido una locura desperdiciar aquella oportunidad.

–Quiero hacerlo –le dijo a Annette con un tono de absoluta convicción–. Quiero ayudarlas. Dios sabe que nadie le ha dado a Vivian la menor oportunidad. Se la merece y la necesita –«y yo también», añadió para sí.

Desde el mismo momento en que entró en la academia de policía había querido trabajar con niños, para ayudarlos a salir del entorno de la droga y enderezar así sus vidas. Incluso había trabajado de voluntario en programas para jóvenes. Desde el principio se había rodeado de oportunidades de trabajar con críos porque había querido tenerlos y porque había sabido que nunca los tendría. Quizá se hubiera conducido de manera inconsciente, pero en aquel instante todo parecía cobrar sentido. Inconscientemente había sabido que siempre estaría enamorado de Claire. Que si no la tenía a ella, no querría a ninguna otra mujer. Y si no quería a ninguna otra mujer, nunca tendría una familia. Así que había intentado creársela a través de su trabajo.

En aquel momento todo aquello le parecía evidente. Era asombroso que no se hubiera dado cuenta de ello hasta entonces. Y ahora resultaba obvio que Claire había hecho lo mismo. Claire también había intentado crearse una familia a su modo, porque había temido fundar una propia.

Bien, bien, bien. Entonces, ¿qué iban a hacer a partir de ahora? Aunque Nick albergaba algunas ideas al respecto, las desechó por el momento.

–Pregúntale a Claire –le sugirió a Annette–. Ella te dirá lo bien que se me dan los niños.

–Es el mejor –sonrió Claire–. No podría habérmelas arreglado con Haley sin su ayuda. Algún día será un padre maravilloso.

–Espero que pronto –repuso él, sin dejar de mirarla y esperando no tentar demasiado su suerte.

Claire no replicó, pero continuó mirándola con una sonrisa que no pudo menos de infundirle esperanzas. Nick se dijo que estaban en camino de solucionar su situación. De alguna forma, como fuera, los dos lo iban a conseguir. Realmente deseaban las mismas cosas, aunque hasta aquel mismo momento no se hubieran dado cuenta de ello y hubiera sido necesaria la presencia en sus vidas de un bebé y de una madre adolescente.

–Apúntame, Annette –le pidió Nick a la trabajadora social con tono confiado–. Yo seré el garante de Vivian, y me ocuparé personalmente de que ese programa tenga éxito.

–¿Sabes, detective? –rió Annette, divertida ante su entusiasmo–. Creo que lo conseguirás. Hay un papeleo del que tengo que ocuparme ahora mismo, si no te importa esperar un poco. No es nada personal, pero tendremos que revisar tus antecedentes. Es una simple formalidad. Vuelvo en diez minutos –y salió de la sala, dejándolos solos.

Mientras miraba a Claire al otro lado de la mesa, Nick se dijo una vez más que su relación iba a funcionar. Haría cualquier cosa para asegurarlo. Lo único que le importaba era Claire. Mientras estuviera con él, todo saldría bien. Todo.

–Cásate conmigo, Claire –le pidió en un impulso.

–¿Qué?

–Que te cases conmigo –repitió, sonriendo–. Vamos. Sabes que quieres hacerlo.

–Pe... pe... pero...

–Hey, me amas, ¿verdad?

–Yo... yo... yo... –Claire era consciente de que no tenía sentido alguno negarlo, así que respondió en voz baja–: Sí, te amo. Pero Nick, hay muchas más cosas que tenemos que...

–Y yo te amo a ti –la interrumpió–. Lo sabes, ¿verdad?

–Lo.. lo supongo.

–Lo sabes –la corrigió–. Lo sabes perfectamente. Pues entonces cásate conmigo.

Claire no dijo nada por un momento; simplemente siguió sentada, mirándolo como si fuera un fantasma. Mientras esperaba su respuesta, Nick podía sentir el acelerado pulso de su corazón atronándole en los oídos. Estaba mareado, acalorado, e ignoraba lo que haría en caso de que Claire rechazara su propuesta. Pero no la rechazaría; no podía. Ambos habían padecido demasiado durante los últimos doce años para negarse la oportunidad de disfrutar de un futuro juntos.

–Pero Nick, hay muchas cosas que necesitamos aclarar antes de comprometernos de esta forma. Ni siquiera hemos pasado dos días enteros juntos. Y hemos pasado doce años separados. Tenemos demasiadas cosas de qué hablar antes de sacar a colación lo del... lo del... –tragó saliva, nerviosa–... matrimonio.

–Lo único que necesitamos saber, Claire, lo único, es si nos amamos o no. Y punto. Todo lo demás funcionará a partir de ahí. Te lo prometo.

Claire vaciló antes de hablar. mordiéndose el labio.

–Pareces tan seguro... Lo dices como si fuera sencillo.

–Es que lo es.

–No sé... a mí me parece muy complicado. Hay muchas cosas que no han cambiado entre nosotros.

–Las resolveremos. Confía en mí, Claire, por

una vez en tu vida –le tomó una mano por encima de la mesa–. Cásate conmigo –le pidió, con mayor insistencia en esa ocasión.

Claire permaneció mirando sus manos entrelazadas durante un buen rato, sin hablar.

–Creo que estás loco –le dijo al fin con tono suave, levantando la mirada–, pero supongo que yo también lo estoy. De acuerdo. Me casaré contigo. Pero espero que sepas lo que estás haciendo, Nick, porque yo no lo sé...

–No hay problema –le aseguró riendo, incapaz de contener su alegría–. Lo lograremos, Claire. Te prometo que lo haremos. Tendremos todo lo que hemos deseado. Todo. Confía en mí.

Epílogo

Claire salió de la ducha y miró el reloj dorado del cuarto de baño. Estupendo. Iba a llegar tarde al trabajo. Otra vez. No podía recordar la última vez que se las había arreglado para llegar a la consulta exactamente a su hora.

Pero no, claro que lo recordaba: había sido antes de que Nick volviera a entrar en su vida. En aquel entonces, simplemente no había tenido ningún incentivo para quedarse en la cama una vez que se despertaba. Ahora, sin embargo, ni siquiera el despertador lograba levantarlos. No hasta que terminaban de...

Se secó rápidamente y empezó su habitual búsqueda de cosméticos en el armario del cuarto de baño. Tuvo que hacer a un lado un patito rojo de goma, una Barbie, un Spiderman y un avioncito, hasta que finalmente localizó su bolsa de cosméticos detrás de una gran construcción de mecano salpicada de espuma.

Una y otra vez le había dicho a Nicky que no metiera el mecano en la bañera, pero ¿la escuchaba? Oh, claro que la escuchaba. La escuchaba con todo el entusiasmo de un niño de cinco años. Y Nick no le servía de ayuda. De hecho, Nick era el único que le había asegurado que no le pasaría nada al mecano por meterlo en la bañera.

Claire terminó apresuradamente de arreglarse y salió al pasillo, donde tropezó con un par de patines de plástico y un pequeño montón de muñecas.

–¡Delaney! –llamó a su hija de siete años–. ¡Estos patines no tendrían que estar en el pasillo! ¡Molly! –exclamó, dirigiéndose a su hija de tres años–. ¡Voy a tener que esconderte las muñecas si no las guardas en tu dormitorio!

Satisfecha después de haber resuelto el problema, Claire se dirigió al dormitorio que compartía con Nick, y rápidamente se puso su traje de color ciruela. Segundos después salía a toda prisa mientras se ponía sus pendientes de perlas. Ese día sus compañeras y ella tenían que entrevistar a una nueva tocoginecóloga, para comprobar la práctica que había adquirido durante los últimos años, y quería presentar una imagen apropiada.

Ya antes de entrar pudo oír la habitual algarabía de la cocina, con lo que la vista que le regalaron sus ojos no la sorprendió. El caos infantil era el estado normal del hogar Campisano-Wainwright. Un caos que, como siempre, Nick se las arreglaba para mantener bajo control.

Pensó que había nacido para ser padre. A tiempo completo. Incluso con cuatro pequeños Campisanos armando jaleo, gracias a Nick la casa funcionaba como un reloj. Y las mañanas no eran diferentes. Mientras Nicky rebañaba su cuenco de cereal, Molly permanecía tranquilamente sentada terminando su cacao, sin dejar de observarlo. Delaney, por su parte, se ocupaba de secar los platos que acababa de fregar Nick. Y mientras tanto Nick le daba suaves golpecitos en la espalda al pequeño Joey, de siete meses, para que expulsara los gases. Para entonces todos, excepto el bebé, estaban vestidos y listos para ir a la escuela infantil o al colegio, y sus mochilitas colgaban de sus respectivos ganchos detrás de la puerta trasera. Y Claire sabía que Nick ya había metido en aquellas mochilas los bocadillos y cualquier otra cosa que él hubiera considerado necesario que llevaran aquella mañana al colegio. Era asombrosamente hábil para ocuparse de las necesidades de los niños. Y de las de ella, tuvo que añadir con una sonrisa.

—Tu comida está en la nevera —le dijo nada más verla, leyéndole como siempre el pensamiento.

Nick todavía no se había duchado ni vestido, y allí estaba, descalzo y en pijama meciendo al bebé. Aquella mañana podría vestirse tranquilamente, tomándose su tiempo. Por supuesto, una vez que los niños se hubieran ido a la escuela, su jornada estaba repleta de múltiples ocupaciones: lavar la ropa, comprar comida, limpiar... lo habitual. Los dos intentaban compartir las obligaciones educativas de los niños, como clases de música, práctica del fútbol, lecciones de piano y ballet, pero Nick siempre quería ocuparse de todo.

Estaba tan increíblemente atractivo en aquel momento, en pijama y sin afeitar, rodeado del cariño de sus hijos... Un hombre grande como una montaña del que emanaba una inmensa ternura. Un hombre, además, irresistiblemente sexy. Claire no deseaba otra cosa que acurrucarse en sus brazos y estar así durante una hora o más. Esperaba que supiera lo mucho que lo amaba. A juzgar por su sonrisa, estaba completamente segura de ello.

—Eres, sin duda alguna —le dijo— absolutamente —vaciló por un instante, lanzando una mirada a los niños, y añadió en voz baja—: el hombre más sexy del mundo.

—¡Hey! —exclamó Delaney—. ¿Piensas que papá es sexy? ¡Pero mamá, si todavía está en pijama! ¡Y ni siquiera se ha afeitado! ¡Puaj!

«Guau», exclamó Claire en silencio, corrigiendo su interjección.

–Castigada sin televisión por cable, señorita –le dijo a su hija, bromeando.

–¡Pero mamá! –protestó Delaney.

–Espero que no te importe que te haya hecho el sándwich con la carne sobrante de ayer –pronunció Nick, sonriendo, con la intención de derivar la conversación hacia aguas más tranquilas.

–¿Estás de broma? –inquirió Claire, y cuando se acercaba a la cafetera del mostrador, tuvo que esquivar tanto una pelota como una fresa aerotransportada–. Para, Nicky. La comida o en el plato o en la boca, Molly –luego, de inmediato, le susurró a Nick–. Me encanta tu carne. Lo sabes perfectamente...

–Ya –Nick se encogió de hombros–, pero es que ayer te preparé lo mismo para comer.

–¿Te estás disculpando por darme de comer? –inquirió divertida–. ¿Te das cuenta de lo ridículo que es eso? ¿Sabes cuántas mujeres venderían su alma por estar en mi posición?

–Ya, bueno –sonrió, lascivo–, puedo imaginar un par de posiciones que...

–Delante de los niños no, Nick.

–Ya, ya, ya –se echó a reír–. Estoy preparando pollo al limón para cenar, así que podrías comprar una botella de vino blanco a la salida del trabajo.

–Hecho –le dijo ella, tomándose su café.

–Y no te olvides de que mañana por la tarde tenemos jornada de puertas abiertas en el colegio.

–Oh, me había olvidado. Gracias por recordármelo.

–Será interesante –añadió Nick–. Vivian me comentó que le gustaría ver a los críos. Y se llevará a Haley, con lo que Delaney y Molly se pondrán contentísimas. Por cierto, ¡lo que ha crecido esa chica! No puedo creer que el año que viene cumpla ya los doce años...

–Y Vivian terminará sus estudios de leyes al mismo tiempo –comentó Claire, todavía asombrada de que aquella chica hubiera llegado tan lejos. Por supuesto, el apoyo de Nick, y la amistad de los dos, la habían ayudado mucho–. Y se va a casar. Lo que me recuerda que tengo que llamar a la floristería...

–Ya. Fue una suerte que conociera a Stephen. Es un gran tipo. Menos mal que finalmente Vivian ha podido salir adelante. Es una chica estupenda, y ha trabajado muy duro. Se merece ser feliz.

–Como nosotros –dijo Claire con una sonrisa.

–Sí –sonrió a su vez Nick.

–¿Estás seguro... –lo miró preocupada– de que no te arrepientes de haber dejado tu trabajo para ejercer de papá a tiempo completo?

–Pues claro –le aseguró–. Claire, el trabajo que tengo ahora es muchísimo más importante que el que tenía antes. Tú lo sabes.

–Sí, lo sé. Sólo quiero asegurarme de que tú también lo sabes.

–No lo dudes –respondió mientras bajaba la mirada al bebé que sostenía en brazos, y luego al resto de sus hijos.

Claire se dijo que su compromiso común se había resuelto maravillosamente bien. Ambos habían terminado consiguiendo exactamente lo que querían. Claire tenía su trabajo de médico y una fantástica familia. Nick tenía su trabajo como padre y una fantástica familia. Y estaba ejecutando a la perfección su papel, tanto en beneficio de Claire y de sus hijos como en el suyo propio.

La gran casa que Claire había comprado años

atrás, con la inconsciente esperanza de llenarla algún día de risas infantiles, desbordaba de eso y de mucho más: de amor, de vida y de pura felicidad. ¿Quién dijo que no era posible tenerlo todo?, se preguntó. Porque Nick y ella habían conseguido todo lo que habían deseado. Jamás podrían tener una vida mejor que la que tenían.

Por nada del mundo la cambiaría.

Acepte 2 de nuestras mejores novelas de amor GRATIS

¡Y reciba un regalo sorpresa!

Oferta especial de tiempo limitado

Rellene el cupón y envíelo a
Harlequin Reader Service®
3010 Walden Ave.
P.O. Box 1867
Buffalo, N.Y. 14240-1867

¡Sí! Por favor, envíenme 2 novelas de amor de Harlequin (1 Bianca® y 1 Deseo®) gratis, más el regalo sorpresa. Luego remítanme 4 novelas nuevas todos los meses, las cuales recibiré mucho antes de que aparezcan en librerías, y factúrenme al bajo precio de $2,99 cada una, más $0,25 por envío e impuesto de ventas, si corresponde*. Este es el precio total, y es un ahorro de más del 10% sobre el precio de portada. !Una oferta excelente! Entiendo que el hecho de aceptar estos libros y el regalo no me obliga en forma alguna a la compra de libros adicionales. Y también que puedo devolver cualquier envío y cancelar en cualquier momento. Aún si decido no comprar ningún otro libro de Harlequin, los 2 libros gratis y el regalo sorpresa son míos para siempre.

416 BPA CESK

Nombre y apellido	(Por favor, letra de molde)

Dirección	Apartamento No.

Ciudad	Estado	Zona postal

Esta oferta se limita a un pedido por hogar y no está disponible para los subscriptores actuales de Deseo® y Bianca®.
*Los términos y precios quedan sujetos a cambios sin aviso previo.
Impuestos de ventas aplican en N.Y.

SPD-198   ©1997 Harlequin Enterprises Limited

Zack y Lauren Alexander habían sido la pareja perfecta, pero no habían vuelto a verse en tres años. A pesar de ello, ninguno de los dos podía olvidar a la hija que habían perdido ni su fracasado matrimonio. Los dos sabían que necesitarían un milagro para volver a estar juntos...

Un milagro en forma de niña huérfana de ocho años. Cuando Zack descubrió que Lauren y él habían heredado la custodia de Arabella, se prometió a sí mismo que la niña tendría una familia. Pero antes tenía que convencer a Lauren de que le diera una segunda oportunidad... porque nunca había dejado de amarla.

Buscando una oportunidad

Grace Green

PIDELO EN TU QUIOSCO

PÍDELO EN TU QUIOSCO

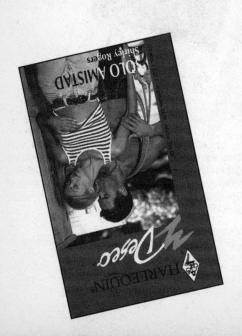

HARLEQUIN'
Deseo
SOLO AMISTAD
Shirley Rogers

Grant Dennison sabía que siempre podía contar con Tracey Ashford. Así es que cuando necesitó una madre para sus hijas, se le declaró. De ese modo, Tracey tendría hijos y él una esposa. Aunque Grant creía que el amor solo podía llevar al dolor, lo que comenzó como un matrimonio por necesidad se convirtió en una misión para salvaguardar su corazón y mantener el control.

Tracey lo amaba desde siempre, pero él no se había sentido atraído por ella hasta ese momento. Y ella esperaba ser no solo una novia por conveniencia, sino la mujer que le haría recobrar la fe en el amor para toda la vida...

Janelle Denison

Vuelta a casa

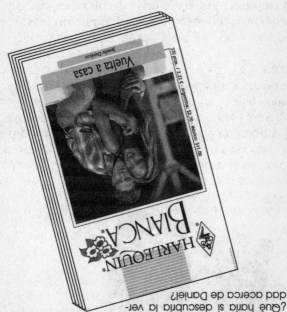

Tyler Whitmore había vuelto a su hogar después de nueve años para reclamar su herencia: la mitad
del negocio familiar. Y Brianne tenía motivos para estar
nerviosa. Cuando Tyler se marchó, no sólo se había llevado su virginidad; también se había llevado sus sueños y su
corazón. Pero, sin saberlo, le había dejado algo a Brianne: ¡un hijo!

A los dieciocho años, y estando embarazada,
Brianne se vio obligada a casarse con el único hombre
que se lo pidió: el hermano de Tyler. Pero ahora su marido
estaba muerto y Tyler había vuelto. Los años habían sido
amables con él y estaba más atractivo que nunca. Pero,
¿y si no la perdonaba por haberse casado con Boyd?
¿Qué haría si descubría la ver-
dad acerca de Daniel?